长篇小说

展示人生再现生活
证明生命存在的价值

岁月
轮渡

赵舒娴 著

中国言实出版社

图书在版编目（CIP）数据

岁月轮渡 / 赵舒娴著. －－北京：中国言实出版社，
2021. 12

ISBN 978 － 7 －5171 －3897 －6

Ⅰ. ①岁… Ⅱ. ①赵… Ⅲ. ①长篇小说 – 中国 – 当代
Ⅳ. ①I247. 5

中国版本图书馆 CIP 数据核字（2021）第 192326 号

责任编辑 史会美
责任校对 王建玲

出版发行 中国言实出版社
    地 址：北京市朝阳区北苑路 180 号加利大厦 5 号楼 105 室
    邮 编：100101
    电 话：64924853（总编室） 64924716（发行部）
    网 址：www. zgyscbs. cn
    E – mail：zgyscbs@ 263. net
经 销 新华书店
印 刷 北京荣泰印刷有限公司
版 次 2022 年 1 月第 1 版 2022 年 1 月第 1 次印刷
规 格 710 毫米 ×1000 毫米 1/16 印张 16
字 数 206 千字
定 价 78. 00 元 ISBN 978 – 7 –5171 –3897 –6

序一

盛夏六月一个周末的下午，收到名字熟悉，但从未谋面的文友赵舒娴的长篇小说《岁月轮渡》的电子版文档，恳请批阅，并特别告知：审阅完毕，敬请作序。

事先，舒娴几次说起过《岁月轮渡》的创作设想、素材整理、定书名、写作大纲等情况。两年时光，《岁月轮渡》一书初稿完成了。

说起来写作是个苦差事，但舒娴是个乐天派，她不是苦苦写作，而是轻松生活，善于观察，勤于记录，闲来弄笔，以写为乐。学生时代的作文、工作之后的公文，无不极好，可说是天赋使然。这也正是舒娴洋洋洒洒二十多万字，一气呵成的缘由，可赞、可喜、可贺。

舒娴常说："没有人做不好的事，只有做不好事的人。"这话细想想，不无道理。

通读全书，总能感受到一个无形却贯穿始末的"善"字在提示世人，无论做人做事，都要善字当头。

小说还传达出一个这样的道理：女人要自爱、自强、自立、自信、进取、勤劳、励志！爱自己，驾驭自己的命运，才能活得有价值和尊严，才能过上自己想要的美好生活。

　　以上言语，既是对印象中的舒娴的描述，也是读此书引发的一些感悟，谨以为序。

陈　欣

2021 年 8 月 16 日

序二 | 让内心的光芒照亮人生的道路

我喜欢写小说，也喜欢看小说，我认为小说的一项魅力在于让读者获得体验。有些事情我们没有机会亲身经历，但通过小说阅读，我们跟随小说人物的视角见证他们的故事，能获得一些新奇有趣的体验：也许是一些没有看过的风景，也许是一些没有接触过的生活现象，也许是一些从未想过的问题——甚至作者还在作品中给了你答案。

当我们回忆往昔，能够记住一些画面、声音以及当时的一些想法和情绪感受。当我们回想起某一部小说，头脑中也可能会浮现出当时想象的画面、声音，以及当时的想法和情绪感受。真实的经历和想象的经历对我们来说都有意义，也许在某些层面上这两者的运作方式是高度一致的。一段重要的人生经历可能会改变人的一生，一部小说可能会影响一个人很多年。

"逆袭"是近年来的网络流行语，网民大众对它的理解已经偏离原意，一般都将它理解为"扭转乾坤"，而这个词也经常以"人生的逆袭"这样的组合出现。这部作品就讲述了一个关于人生逆袭的故事。女主角李华在中年阶段遭遇了极大的挫折，处于人生低谷的李华内心非常痛苦，但是她没有被逆境打败，而是积极地展开自救，让自己恢复勇气和信心，活得自由而精彩。

这些年来我经常想到一个问题：我们该如何度过这一生，如果人生需要遵守一些规律准则，那么这些准则是什么？我通过不同渠道找到的答案都是相通的，简单总结下来就是"自强自爱"和"施益他人"。在李华的故事中，李华在熬过最艰难的阶段后，往后的人生就像"开挂"一样。我相信这些事件不是凭空捏造的，而是有现实的原型，李华能获得这样的幸福也是应该的，因为她的所言所行在不断践行自强自爱和施益他人。

李华向理发师推荐保险业务时，先购买了理发师洗发月卡，让对方赚到钱后再跟他谈保单。李华回家看病过程中帮好友卖掉了房子，并解开了对方的心结。李华的言行也影响了合租室友，让她明白，人生最终要依靠自己，要爱护自己，要利及他人。

李华从小就爱护家人，多年来一直为家庭付出。当她有能力买房时，先给自己的父母买房，报答父母的恩情。在创业过程中，李华也经常先考虑别人，先让顾客和合作伙伴获得利益；李华当老板的时候，宁愿自己吃苦，也从不拖欠员工的工资。李华后来的人生之所以"开挂"，是因为她在人生的每个时期都积累福德，于是善缘不断，时时遇到贵人。而她也成为很多人生命中的贵人。

在阅读这部作品的过程中，时常像是有一道光照进心中，我不时有这样的感觉：虽然不知道未来的路该怎样走，但如果我们待人接物时心态能像李华那样，我们的人生不会过得太差。当你对人生感到迷茫时，你可以看看李华是怎样面对的：在人生的低谷中不消极埋怨、自暴自弃；在工作中积极成全别人；在生活中尽量帮助朋友家人；在获得财务自由之后不困于金钱欲望，而是积极学习，扩展丰富自己的精神世界。

在人生这场游戏中，李华已经是一个通关者，她的经历和感悟就是人生游戏的攻略指南，让我们知道如何安身立命，如何待人接物，如何达到精神和物质的双丰收。

这部作品值得我们细细品味，它不仅仅讲述了一个故事，也展现了很多做人的道理。"一部小说可能会影响一个人很多年"，但愿每一位有缘人都能在这部作品中获得启发，点亮内心的光明，成就精彩的人生。

一 鸣

2021 年 8 月 10 日

目　　录

C O N T E N T S

第一章　沉痛的打击

1998 年 8 月 5 日这一天，骄阳似火，天气闷热，这天发生的事情，比小说还狗血。

在匆匆赶回家的路上，李华的心冷到极点，全身感觉到寒意。空气中一股股热风吹在李华的脸上，她还是感觉不到一点酷暑的温度。李华低头快速赶路，一双手情不自禁地握成了拳头，一脸怒火，似恨不得要狠狠地揍谁一顿。看样子是发生大事情了。

李华刚刚接到女儿小琳打来的电话，得知一个令她震惊的消息：曾被朋友们都羡慕嫉妒对自己好的丈夫于平，竟背叛了自己，带着女人睡在了自己的家，自己的床上！

李华恨自己怎么就这么愚钝，没有发现一点点蛛丝马迹。

李华脑中不由自主地闪出疑问：这女人是谁？胆子真大！这女人对自己的家庭情况一定很熟悉，不然怎么会在自己和女儿刚刚离开，就出现在家中。

李华最担心的是女儿小琳！女儿才十岁，因忘带作业本返回家中，正碰上于平和一个不明身份的女人偷情，两人赤裸裸地躺在李华的主卧大床上。

于平怎么也想不明白，他明明将防盗铁门插上了，木门也锁好了，女儿小琳怎么就进来了？

李华焦急地赶到女儿所在的电话亭旁边。见到小琳的时候，李华什么话也没有说，只是紧紧地抱着小琳，她能感觉到女儿的身体紧张得直抖动。李华握住小琳纤细瘦小的手，那小手跟自己一样冰凉。

李华也不知道自己是怎样上楼走进的家门，在打开门的那一瞬间，李华一眼就看到丈夫于平一个人半蹲在阳台的角落里，一双惊恐的小眼睛有些慌乱，上身还赤裸着，一看便知道是偷情败露后，还没来得及整理好自己的行头。李华鄙视这个背叛她的男人。李华恨自己看走了眼，怎么就选择了这么一个乱性的男人！

从房间外面望去，床上凌乱不堪。突然间，李华像发了疯一样，猛地冲进卧室，将床上所有用品抓起来揉成一团，狠狠地摔在地上，用脚踏上去，使劲地搓着，踢着……

李华的眼泪止不住地涌了出来，那种委屈和无助，使她第一次感觉到天都要塌下来了。怎么丢得起这个脸呀！一向自信的李华，一时真的不知道该如何面对这突如其来的家丑。这家，还能待吗？

李华一边进行着激烈的思想斗争一边收拾床头柜上的摆件，发现自己的那张表演舞蹈的照片被放在梳妆台抽屉里。李华突然想起来，自己每次出差回来，床头柜上的相片都放在了化妆柜的抽屉里……看来于平和这个女人偷情不止一次！

这男人怎么就不知好歹呢?! 她李华哪点对不起于平啊？虽然两人是二婚，那也是于平追求的李华。当年于平可是动用了很多朋友的关系，才追到了李华。这结婚才多久，李华想都没有想到，她和于平的婚姻竟这么不堪一击。是哪个女人非要抢她的男人，是谁！

李华突然冷静下来，停止一切粗暴的动作，开始不紧不慢地抖起床上用品。突然，李华发现了一个很小很小的电话小册子，李华找到了头绪，她一页一页地仔细查看，终于看到了一个她认识的女人，她用铅笔在女人电话号码下画了一笔。

这个女人名叫汪芹兰，在李华印象中就是一个长着满脸雀斑的黄脸婆。这个让李华不屑一顾的前台打杂人员，在女人堆里也不出众的女人，就是跟于平偷情的人？于平会对这样的女人感兴趣？

无法想象她李华输给了这么一个女人，要姿色没姿色，要长相没长相，唯一的亮点是一头齐腰长发。对，于平很爱女人留长发，当年追求李华的时候，李华就是一头螺丝卷的长发，像台湾的一位女歌手，温雅时尚柔美。那个时候于平一日不见李华，就像丢了魂似的，带着自己的贴身司机，到处托李华的闺密珍珍打听李华在哪。

李华不甘心啊，她走出房间，用余光扫了眼躲在阳台角落的男人，很鄙视地冷眼瞧了一下。李华什么也不想跟这个男人说，牵着女儿小琳的手向外走去。

于平马上从阳台起身走到大门口伸手拦住李华："对不起！真的对不起！"

李华也不知道怎样对待眼前的于平才能解恨，她抓起于平的一只手放进嘴里，狠狠地咬了下去……

于平大叫一声。李华知道那只是皮肉之痛，而李华是痛在心里。李华感觉很不解恨，用一种鄙视的眼神直视于平，此时的眼神想必杀气腾腾，李华看见于平蓦地一震，挡住李华的另一只手也赶紧收了回去。

　　李华拉起女儿小琳转头就走，将大门使劲地摔上，狠狠地发泄着自己的愤怒。李华也震惊于自己此时此刻的果断。她还没有想好怎么收拾于平，也没想好哪一天，但肯定不是现在。

　　李华站在房门外，看了几眼家门。"这里还能住吗？那个野女人都来来回回好多次了！"李华想到这里，感觉到被于平碰过的手很肮脏。

　　李华此时最担心的是此事会给小琳心中留下阴影，自己最紧要的是保护女儿幼小的心灵。在送小琳去学校的路上，李华温柔地对小琳说："不要把今天看到的事放在心上，也不要对任何人说，放学后直接回姥姥那里住，妈妈会把这件事处理好的！"

　　小琳很懂事地点点头。看到小琳走进学校后，李华才松了一口气。

第二章　有苦说不出

李华回到单位工作岗位上，叮嘱自己一定要沉住气，不能让同事看出自己情绪上的波动。如果被同事、同学、朋友知道了这件事，李华真不知道要怎么去面对他们。李华极力平复自己的情绪，让自己不去想这件倒霉的事情。

真是人算不如天算，李华本想好好地跟于平度过未来的岁月，一起真心实意地过日子，毕竟两人确实真心相爱。

在他们相识初期，李华一直以工作为重，有意避开于平。因为有过一次婚姻的失意，李华对待婚姻比较谨慎。

那个时候每当李华出差，于平每天都会给她打电话，一聊就是半夜，他不断诉说着自己对李华的思念。那个时候总是有着说不完的心里话。

在房地产从计划经济转向市场经济的年代里，单位实行买断分房的指标，产权私人所有。李华无意中跟闺密珍珍聊起买断房子的一时难处。于平跟珍珍也是朋友，从珍珍那里得知李华的困难后，他特意从银行取出五万元，用油皮纸信封包好然后交到李华手上，随后低声说一句："快去付房款吧！"

说实话，李华就是那个时候铁了心要嫁给于平。李华不是贪图物质享受的人，但被于平雪中送炭的情意所感动。现在想起这些，李华鼻子还酸酸的——都准备要放弃了的人，却突然想起他那么多好处！

此时此刻李华的心情非常复杂，她怎么也想不明白，为什么会变成如今这种境地。

李华突然想起来了，三妹曾经几次打电话问过李华："大姐你和于平还好吗？我想过去看看你，姐夫在家吗？"

那个时候的李华不理解三妹想说什么，便告诉三妹："于平不在家，出差两天了……"

三妹看似无意地追问了一句话："他在哪里出差，跟哪些人一起去，你知道吗？"

李华还真没有追问于平去哪里的习惯，也从来没有想过于平会有变心的一天，因为于平一直做得很好，让任何人都羡慕嫉妒的那种好。

李华猛然又想起了闺密珍珍对自己也有过提醒，记得有两次珍珍打电话告诉李华，她正在于平的单位办事，碰见了汪芹兰在于平的办公室沙发上休息，进出都很随意。

"如果你不忙，中午过来一起吃饭，看看是怎么回事。"珍珍在电话里真切地对李华说。

李华回道："我这里来了客户，中午要请客户吃饭。忙啊，去不了，没有什么事我就挂了！"

珍珍还是忍不住问了于平，于平轻描淡写地解释说："她来洗澡的。"

　　珍珍把话都说到这份上了，看李华还是没有反应，也就没有再提。可是后来在午休时间，珍珍又看到了汪芹兰从于平的休息间洗澡出来！

　　那个时间，珍珍记得很清楚，是一个冬天，是在冬天很冷的时候！

　　记忆的片段过电影般在李华脑海中闪过，李华自言自语，好像找到了于平背叛自己的经过。李华太粗心了，从来没有想过于平的不正常。以前总是按时下班回家的男人，突然常常以打麻将为由留宿在外。于平往哪里去李华也没有问过，于平电话告诉李华什么，李华就信什么，以为是工作上的正常应酬。

　　这时候的李华心疼到骨头里，闷得连喘息都很难受，胸口一阵绞痛，不知道是为谁难过！

　　这一天是那么漫长，办公大楼的人都走光了，可李华不知道该回到哪里去。女儿已经回到李华妈妈家，李华只是打了一个电话跟小琳说："乖点，做完作业就睡觉。不要等妈妈，听姥姥话，也不要想今天发生的事情，听话！"

　　李华想自己一个人静静，想想怎么面对今后的生活，她魂不守舍地走出了办公大楼。

　　这个夜晚李华显得那么无助烦躁，她神情恍惚地走在路上，一辆辆车从她身边驶过。李华走到十字路口，呆呆地看着这灯火辉煌的闹市中心。一声汽车的喇叭声打断了李华的思绪，"你耳朵聋了还是眼睛瞎了，不要命啦！"

　　李华被司机骂着，却木讷地说不出话来。

　　李华在无意识中走到了下班回家的路上，不知不觉来到了雅惠大排档，这是离李华家很近的夜市一条街上的一家店，这里依旧是人来人往，人们成群结队地来吃夜宵。看到这条熟悉的夜市街，李华心里特别难受，她想起自己和于平还有女儿小琳，一到夏天就会一起在这热闹的夜市吃夜宵。

在眼前这个熟悉得不能再熟悉的地方，在一张桌子前，李华不由自主地停下了脚步。也许是肚子饿了——从上午九点钟知道丈夫于平偷情的事情后，李华一整天没有吃任何食物。

顾不了那么多了，李华心想，身体第一，我得吃，好好吃一餐。不能还没有报复那两人，自己先倒下了。

李华点了满满一桌，包括她最爱吃的绿豆汤、海带汤、烤凤爪子、臭干子、羊肉串……服务员好意询问："你家于先生和漂亮的女儿要来吗？还是你吃后，打包带回家？"

听到服务员熟悉的声音，李华才意识到这位服务员已经对自己家人很熟悉了，顿时内心百感交集。平复了一下心情之后，李华只对服务员说了一句："你先上菜吧，我饿了。"

服务员说："哦！马上，你先喝点什么？"

李华说："冰啤酒一箱。"

李华突然感觉到鼻子酸酸的，本来好好的家，本来这张桌子前应该坐的是温馨甜蜜的一家人，如今却只剩下她一个人，而她还要在这里强装着什么也没有发生，装着坚强。

服务员离开后，李华的手机响了，是老同学惠珠的来电："你在哪里呢？"

李华稍停顿了一下，最后还是如实说了："一个人在雅惠夜宵，你若有空，来这里一起喝啤酒吧！"

惠珠住处离这家店很近，李华常常约她一起吃饭。惠珠没有推脱，直接说："好，我十分钟后过来！"

惠珠很守时，十分钟后准时到达，远远就看见李华一个人坐在那张桌子旁。惠珠走到李华跟前，拍着李华肩膀说："怎么今天有这个雅兴出来吃？还有谁没来吗？我还真有口福！"

李华默默地摇头，眼睛都不敢看惠珠一眼，低头说道："吃吧，谁也没有请，就请自己，不行吗？"

话一说完，李华的眼泪一下涌了出来，她用纸巾捏着已经不通气的鼻子，用力清出鼻涕，悄悄擦掉满脸的泪水。这情景被细心的惠珠看在眼里，她马上意识到不对劲。

惠珠真是善解人意，什么也没有问，什么也没有说，直接用牙齿咬开啤酒瓶盖，将啤酒放在李华面前。惠珠自己也拿一瓶，与李华碰了一下："来，我们喝酒！"

惠珠知道李华一定是遇到了伤心事，而且这事一定不小。惠珠是李华从小一起长大的老同学。从小到大，惠珠没有见过李华哭。在惠珠的印象中，李华是最阳光，最孝敬父母，最会持家的女人，也是最好强的女人。

惠珠没有劝李华，只是不停地帮着夹菜，嘴里一直对李华说："快，多吃点菜，别空着肚子喝酒。"

这顿酒是李华有生以来，喝得最酸涩的一次。看着满满当当一桌子平时喜欢吃的菜，李华一点食欲都没有，可还是拼命往嘴里夹菜，塞满了嘴巴，就是咽不下去……

此时已是凌晨，李华包里的手机一直响着铃声，李华看了一眼，毫不犹豫地挂断，但手机铃声又很快响起。惠珠说："接吧，有话好好说。"

电话接通了，电话那头传来于平焦急的声音："华华，你在哪里呀？我来接你。"

不知道是酒精壮了胆，还是真的醉了，李华提高八度嗓音，回了过去："我不会去死的，放心吧！你给我滚出我的家！最好别让我看见你们这一对狗男女，我恨你！去你的！少在我面前装了，你这没良心的东西，你还想怎么样?!"

那是李华第一次像泼妇一样骂街，第一次像疯了一样从心里喊出声音！

第三章　难熬的日子

那一夜李华好难受，她在还是清醒状态时对惠珠说："你可以回家了，我没事，我知道怎么处理那对狗男女！"

惠珠望着李华这般模样，突然心疼起来，她从没有见过李华这般伤心。于平与李华恋爱期那幸福的情景，惠珠曾亲眼所见，但从这晚李华伤心的程度来看，她是受了大委屈，憋着太多不能诉说的苦衷。

于平根据通话时的喧闹声，判断李华在夜市大排档。他和章司机两人果真在这里找到了李华。看见李华这副模样，于平悄悄走到李华身旁静静坐下，说话声音很小："走，咱们打包带回家吃吧。"

李华突然拿起一瓶啤酒，朝于平的头上将整瓶啤酒倒下去。此时李华很解恨地说道："你管我干吗，你去找那个贱女人啊，你去找呀！你给我滚，滚得越远越好！"

李华猛地推开于平，这时候章司机马上护着于平，挡在他们中间，低声下气地说："李姐，有话回去说，别这样搞得大家难堪。"

李华执意让惠珠回家，也强行让章司机带走于平。章司机见此时的李华正在气头上，只好劝于平先离开此地。

　　李华独自坐了一会儿。可能真是喝多了，而她也根本没吃什么东西，肠胃翻动着，李华吐了一地的苦水。这个时候李华还是很清醒的，她向服务员要了一瓶水漱漱口，剩下的水全洗了脸，将脸上的泪水、酒水、吐的苦水，全部抹去。

　　吐出来后，李华好受了些，她走上熟悉的路，摇摇晃晃地回到自己的家，那个让李华伤心的家。李华清楚，这半夜时分不能回到妈妈家，自己已经很伤心了，不能再让家人知道，那样家人会更伤心；妹妹的家也不能去，也会惊动妹妹家人。李华不要家人替自己担心，所以必须回到那个曾经温暖，现在却被那个野女人弄脏的家……

　　李华边走边想：我不能有事，不收拾这两个偷情的狗男女，我决不罢休……这晚会发生什么？那个背叛我的男人还会在家里吗？还是在准备什么？这狗东西不会先下手为强吧？

　　开门的那一瞬间，令李华没有想到的是，于平正坐在沙发上。于平立即起身对李华说：“我煲好了土鸡汤，给你添一碗吧。”

　　于平边向厨房走，边不时地用眼角余光瞟向李华。李华直接走进女儿的房间，将房门反锁，背靠着门。李华心想：我还敢喝于平做的土鸡汤吗？人都变心了，情也出魂了，估计他恨不得我早死呢，省得碍着他和那个女人的好事，这汤没准已经下毒了。也没准是真的悔改了，可我还能信他吗？

　　李华根本就不会再相信于平，从知道他跟那女人偷情的那一刻起，即使以前是真爱，现在也不会有一丁点的信任了。

　　李华需要冷静的时间，需要思考对付他们的办法。李华躺在床上，脸上失去血色，眼神空洞茫然，死盯着天花板想着白天突然发生的这一切……

房门外响起于平轻轻敲门的声音："汤放在餐桌上了，出来喝点吧，我都热了几遍了。"

李华听着门外那个男人的声音，此刻真的想吐。这声音曾经让李华欢喜沉醉，可此时她却恨不得将耳朵堵住，甚至想冲出去，再狠狠地咬下去。

情绪激动下，李华突然将刚刚吃过的食物，连同啤酒全部吐了出来。李华难受啊，她哭了，但是没有发声，她顺手用床头纸巾擦了嘴角，又拿起床头柜的水杯猛喝一大口，但又全吐了出来。关了灯，李华继续躺在床上想着：我该怎么办？结束这段婚姻是肯定的，只是时间问题。但就这么放过这对狗男女吗？没有那么便宜！

李华无法入睡，起身靠在女儿的桌子边，随手翻看着订阅的《知音》杂志。

李华突然想到她可以给编辑部写一封信，请编辑指教当一个女人遇到丈夫出轨这类问题该怎样面对，怎样处理。她可不想因为冲动而做出傻事，她寻思着要找到最好的方案，不能为了报复而毁了自己的生活。

李华写了满满三张信纸，一气呵成，将这对男女整个通奸的过程，及发生后自己的感受一一写了出来。就像对一个最能保守秘密的人倾诉，李华将一肚子的委屈，全都宣泄了出来。她知道这是最安全的发泄方式，她要把伤害缩小在自己能控制的范围内，因为她还要保护好自己的女儿小琳。

写完信已经是清晨五点多钟了，李华心里好受多了，再不是昨天那毫无头绪的状态，她似乎知道该怎么去应对这件事情，眼神里有了主意和坚定。李华将写好的信塞进挂包里，准备在上班的路上把这封信发出去。李华长舒一口气，好像完成了一件大事情。

信发出后的一个月时间里，李华对那对男女什么也没做，也没有像鲁迅笔下的祥林嫂那样见人就诉说。在任何人面前，她都没有提起这桩丑事。因为她感觉这事越少人知道，她越好实施报复！

对，最主要的是不能让于平和那女人知道她将要报复的心思。再说，这也不是光彩的事情，她李华也是有脸面的女人。她清楚地知道，她能做什么，不能做什么。

对李华来说，表面上风平浪静但内心却备受煎熬。

这些天来，于平和那个叫汪芹兰的女人也不好过，毕竟这样的丑事不能见光。一个是有妻之夫，一表人才，还是外企执行总经理；一个是有夫之妻，是于平单位的前台，临时工，一个满脸雀斑的半老徐娘。

李华的平静越发让汪芹兰魂不守舍，也让于平束手无策，虽然每天李华都照常回家，但依旧不理他。面对没有什么表情的李华，于平有些慌，他觉得李华越来越陌生。

李华一直在等待编辑的回复，思索着自己想干的事是否妥当。她铁了心要惩罚这对男女，但不容有闪失。这口恶气不出，李华憋得难受。强烈的报复念头日夜折磨着李华，她决定等编辑回复后就制订具体的报复计划。

第四章　跟踪

那一个月李华没有胃口，吃什么都不香，一下子瘦了八斤。从很标准的体重一百零三斤瘦到九十五斤。有时候对着镜子中的自己，李华都有些支撑不住了，心里期盼着这种日子快点结束。

一个月的憋屈，使得李华心里的怨恨堆积，她控制不住自己要报复的想法。可理性又让李华清醒很多，那两个人不值得自己亲自动手，他们不配。

编辑的回信与李华的想法中理性的部分不谋而合，李华策划报复的细节，也一天天清晰了起来。

在某一个周末，李华的报复机会来了。那一天于平临出门时对李华说："今天工人加班，我要去厂里看看。"

平日里于平星期六并不工作，难道今天于平又耐不住寂寞，又开始跟汪芹兰暗中来往了吗？想到这里，一个想法迅速在李华脑海中形成。

"真希望这次抓个正着，来个人赃俱获……"李华这样想着，并准备带上相机拍下证据。

于平看到李华没有搭理他，就直接夹着包，轻手轻脚地走出了门。于平一出门，李华立马拿出通讯录，找出汪芹兰家里的电话号码，然后迅速出了门。当然，她不是跟踪于平，李华得放于平自由，让他放松警惕，这样才会有机会知道他的行踪。李华朝着离家很远的一处公用电话亭快步跑去。

李华站在电话亭内停顿片刻，清清嗓子，然后拿起电话筒，按照号码拨打了过去。电话筒嘟嘟嘟地响着，李华的心脏也加快跳动，她希望接电话的是女人，如果是女人，说明那女人没有加班；如果是男人的声音，那就是那女人的丈夫王木。

"喂！喂！请讲话！听得见吗？怎么不说话？"王木接着电话，电话那边半天没有声音，他冲着电话喊着。

电话那头猛然传出的男人声音扰乱了李华的思绪，她本想直接告诉王木："你的女人给你'戴绿帽子'了，你不想知道是谁吗？"结果话到嘴边突然停住了。

李华心想，如果那样直说，不是便宜了那女人吗？他们夫妻要是闹矛盾分开了，无异于直接把那女人推向于平。无论怎么说，汪芹兰现在的丈夫各项条件都不如她的上司于平。她要是跟于平在一起，岂不是捡了大便宜！还有另外一种结果，王木狠狠地揍一顿那女人，然后离婚。但王木在逼女人离婚之前，很可能会趁机敲诈于平，毕竟于平给王木"戴绿帽"。

李华在电话亭前，脑子里闪过这些理性的想法。"先忍吧！"李华劝慰着自己，终于忍住了吐一时之快的想法。原准备搅得汪芹兰的家鸡犬不宁，让这贱女人也尝尝家要散的滋味，但这不是此刻要做的事情。李华突然改变了主意，挂了电话。

冷静过后，李华想起了一个问题：于平跟汪芹兰平时在哪里偷情？他们不可能经常在家里见面，也不会经常在工作单位乱来——毕竟被发现了后果很严重。李华突然想起章司机这个人，章司机一定知道内情。

章司机不可能直接告诉李华，那个女人跟于平来往多久，住在哪里，还干了哪些见不得人的丑事。李华只能自己去调查。

半小时过后，李华来到了章司机的汽车修理厂。李华没有立刻走进去，她看了看四周的几条公路，这汽车修理厂正处在丁字路口。修理厂左边的路通往李华家，右边通向那女人工作的啤酒厂，门口正前方通向市商业中心。修理厂还有一扇侧门，门后是一个不太大的后院。

李华独自一人沿着汽车修理厂外围走了一圈，然后再掉头从大门慢慢走进去。店里只能容纳两台车同时修理，后院可以停放三台小车，看似很破旧。李华正看着，一个修理工模样的人热情地走上来问："美女找谁？还是修车？"

李华下意识地回复："找你们老板。"

修理工冲着后院喊："章哥，有美女找你！"

不一会儿工夫，李华就看见身穿黄色 T 恤衫、牛仔裤的章司机在后院门口向店内探头看了看。李华与章司机的眼神相遇后，章司机立刻带上后院的门，向李华走了过来。

李华看到章司机眼神慌乱，顿时明白自己找对了地方。她的分析是对的，这正是那对狗男女常来的地方。章司机几乎是于平的私人管家，李华已领教过多次，以前于平经常让章司机接李华。

李华没少用章司机的车，只不过李华经常送点茶叶、烟给章司机。李华很同情章司机，她知道章司机的老婆带着两个孩子在农村，家里很困难。李华见过章司机的老婆，一个长得漂亮的瘦弱女人，人很老实朴素。就冲着怜惜章司机老婆的心境，李华从没有空手找章司机办过事，总找着理由拿些吃的用的东西给章司机补贴家用。

李华心想，章司机早已忘记了自己给过的好处。在利益面前，像章司机这样做一些违心事情的，大有人在。说到底，章司机是为他的老板于平服务，而不是李华。

章司机惊讶地问："李姐你怎么今天有空来这里，找我有事吗？于先生不在这里。"

李华很冷静地回复："在这边办点事，就顺便过来看看你的汽车修理厂，我还没有来过呢。这地方选得好，也好找。我不是来找于平，今天于平下班后会来吗？"

章司机说："不知道今天于先生是在厂里还是在公司那边，我等会儿打电话问问在哪接他。你看我是先送你回家，还是在我这里一起吃顿饭？我准备煮小龙虾。"

李华四周扫了一眼，问道："今天于平也会来吃吗？"

章司机没有回答李华的问题，他勉强笑了两声，边向后院小跑边说："李姐，你先坐一下，我去安排一下，看有几斤龙虾，再打电话问问于先生！"

看着章司机的背影，李华心想：看你还玩什么花样！

第五章　幡然醒悟

没过多久，章司机从后院张望一下，走近李华说："李姐，于先生还在公司，要我晚点接他，要不先送你回家？"

李华自然明白章司机想请她走，便顺水推舟地说："不麻烦了，我自己逛逛街再回去，你忙吧。告诉于平让他早点回来，我有事要对他说。"

章司机马上答应："好的，那你慢走。真的不需要我送你一程？"

李华挥挥手向大门外走去。她想着自己走出去后，那个女人总该出来。她想在暗处，亲眼看着那个女人出现。

李华头也不回地向路口方向走去，她知道章司机还在看着她离开的背影。

章司机庆幸两个女人没有碰上，不然他也不知道会发生什么。他客气地把李华支走后，赶紧打电话将事情始末详细地告诉了于平。

李华等了好长时间都没有看到有人出来，她不禁怀疑自己是不是太敏感了。她又耐着性子等了一个多小时，把腿都站麻了，还是没有看到有人出来，她决定放弃。

　　李华走到茶楼，向服务员点了一壶铁观音，选择一个偏暗的桌前坐下。拿起茶杯，望着泛着黄色的电灯罩子，心中一片忧愁。李华沉思着，喝下去的铁观音茶水真苦……

　　坐下来之后，李华情不自禁地再次想起于平，想起那个女人，想起这段日子自己承受的无尽苦楚，心里又是一阵阵地绞痛。

　　在这一系列事情发生之前，李华真不会去做跟踪这种可笑的事情，把自己搞得神经病一样。真没有想到电影中原配跟踪小三的场景，今天在自己这里也上演了。李华想想都觉得自己可怜。

　　这真不是李华想要的生活，围绕一个男人，没有了自我，一天天消沉。看到自己变成这样，李华又想起了编辑的回信："若是你去报复，为这两个人毁了自己值吗？"

　　编辑语重心长的话让李华顿时醒悟过来。不能被这两个坏东西毁了自己的人生！好好活着才是对自己最好的救赎，也是对男人最好的报复。让自己活得更好更幸福，然后淡然放手，让这个男人后悔，比任何报复都有力量！

　　李华感觉到自己内心的结被打开了。这样的日子快要结束了吧，李华心里想着。

　　从茶楼出来，李华长长地吐出一口气，缓缓地向家的方向走去。

　　到家已经是晚上十一点四十，没想到李华刚走到门口，还没有拿出钥匙，门就被打开了。于平立刻迎了上来说："怎么这么晚回，吃了没有？"

　　李华有点愤怒地盯着于平的眼睛，然后走过去直接进房间休息，没有听于平说什么。

　　那一晚，李华在女儿的房间安安稳稳地睡了一个好觉。好像这一个多月以来，从来没有哪天睡得这么舒坦。

第六章　剪发"毁形象"

九月初的黄昏，室内还是有点闷热，外面偶有凉风。李华感觉到有点凉意，或许是头发剪短的缘故，她还有点不习惯——李华刚刚在理发店将自己留了多年的长发剪掉了。

在理发店里，李华看着镜子，镜中的女人简直就像一个假小子，但是李华会心地笑了：我喜欢这干练强势的形象。

理发师小英说："可惜你这头长发没有了！"李华看着小英笑而不语，然后爽快地付钱离开。

走路时李华还是习惯性地抓头发，没有抓到才意识到自己确实把长发剪掉了。李华当然明白剪了长发会"毁掉形象"，多少年来那种雅致清新的女人韵味已成为李华的"标配"，在朋友眼中，李华就是这种气质的女人。

李华本人虽然五官普通，但却是那种耐看型的女人。熟悉李华的朋友都认为李华的长发背影很有吸引力。而且李华也很会穿衣搭配，穿得好看还彰显个性。

回家途中李华想起编辑老师的回信中这样提到过：一定要冷静，在你最冷静的时候再做决定。若当你经过足够多的冷静思考，还是决定分手，那时再执行这项决定也不迟。

经过一个多月的冷静思考，李华决定维持现状，什么都不做。李华不会为一个男人放下工作和事业，她热爱工作，每一天都用工作把时间填满，并不会因为挫败的婚姻而影响工作。

对于此时自己的短发形象，李华确实不习惯，但她并不后悔。人总是在变，李华希望从今以后有一个新的开始，重新做回最好最自信的自己，哪怕没有丈夫，没有婚姻，没有爱情，她还有亲情和友情。她也可以拥有精彩的生活，温暖的情谊。

李华忽然觉得这一天没有白忙，她又做了一件让自己快活的事情，心里的怨恨似乎又减淡了一些，脚步也慢了下来。

回到家时天色已暗，于平已经在家里，正坐在客厅中。李华开门的瞬间，人还没进去，于平就说："回来啦。"

当李华跟于平正面相对的时候，于平愣住了："啥时候搞成了这样子？为什么把长发剪了？"

李华说："刚剪。你要是喜欢长发飘飘的女人，满大街都是，你自己去挑选吧。"

李华心里想，就变成你不喜欢的样子！

于平摇摇头说："你真是，这还不是在丑化你自己。你单位的同事说好看吗？"

李华不屑地说："丑算不了什么，总比有的人偷人好吧？"现在李华跟于平说的每一句话都要带刺。

李华趁势继续说："爱看不看，你爱看谁就去找谁，也没有人挡着你，只要不再往家里带。"

李华说罢走进厨房，手里提起菜刀开始切台面上的梨子。李华没有吃饭，最近被逼得火气又重，想到还是要注意身体，于是用梨和冰糖煮熟后代替晚餐。这段时间消瘦八斤，李华看见自己的样子很是心疼。今晚打了个嘴巴官司，看到于平很生气的样子，李华真过瘾，心里爽极了，终于有了胃口。

第二天，李华到办公室的时候，同事都露出很惊讶的神情。同事小王问："你怎么把头发剪这么短？昨天没听你说要剪发呀，怎么把自己搞成这样？哎呀，差点认不出你来了！"

李华说："就想换换心情，尝试一下别的风格。"

小王说："我觉得你这段时间怪怪的但不至于把这么好的长发剪得这么短，像个假小子，最起码要两三年才能长起来。"

李华随口编了一些理由搪塞了同事们的好奇心，李华想改变话题，又补充说："好打理，简单！"

李华还没想好怎样跟于平分手就先拖着，但是从那天起，在李华心里自己跟他已经没有关系了，在情感上早已分道扬镳，只是那张离婚纸，那张有法律效力的证书，还没有去办理。

这段时间李华基本上是在单位食堂吃饭，在那个家已经不想生火做饭了，而且她也不想回到那个家多待一会儿。

在那个改革开放招商引资的年代，李华所在的城市有很多港商投资、台商投资企业。于平所在的企业是台资企业，老板采用家族式的管理方式，由于经营管理不善，企业倒闭。工厂停了，厂里保留十几个人守厂，其他人全部辞退，也包括那个女人汪芹兰和于平。

珍珍把这一内部消息告诉了李华。这是李华跟于平分手的最好机会，很合李华的心意。不在一起生活，分手就容易了，也许这就是天意。

李华跟珍珍说："真好！这样那个家伙可以滚了，我也免去装面子。如果有人问于先生呢？我也好回答，不在呀，去外地发展了！"

珍珍很赞同李华让于平体面地离开。李华心想，做人也没必要做得那么绝，也想起这男人以前对自己的好。放过于平，让于平后悔，这比李华亲自去报复他更高明，而他也会更痛苦。

珍珍又说："于平肯定会感受到你的善良，这也许是于平最后悔的事情。可惜世上没有后悔药卖，于平也知道，如果他没有出轨，哪怕工厂倒闭，他也不会过得差。我肯定会在事业上全力帮助他，你的人脉也能帮到他，他还能开拓另一片天地。"

珍珍说得没错，失去李华的信任是于平最大的损失，他失去的不仅仅是婚姻，还丢掉了一次事业发展的机会。

李华说："我觉得没必要跟他耗着，等他离开这个城市以后，我们的联系基本就可以断了。就算于平不提出离婚，我也有办法把婚离了。"

珍珍说："你不在于平走之前提出离婚？这可会影响你今后的生活，万一将来有人喜欢你，你还可以有新的爱情，没有必要为于平放弃美好的未来。"

珍珍的好意让李华很感动，可她有自己的打算。李华说："你放心，随着时间推移，我会理智地处理跟于平的关系。无非想给自己两年时间去把这一切消化掉。于平跟那个女人要不要走下去，都与我没有任何关系了。"

珍珍这个时候才发现李华的新发型，哭笑不得地连连摇头说："我真服了你，你能把自己的形象毁成这个样子。"

李华说："这是重新振作，重新开始的决心。等头发长长的那个时候，一切肯定都会更好的。我今生不会再相信爱情婚姻了，我只想要工作挣钱。女人最应该忠诚于自己！一定要经济独立，人格独立，思想独立，做一个独立自由的女人。"

第七章　到基层工作

江城的秋天来临了，在晚风吹送的江边，李华独自漫步流连。

李华从江边散步回到家后，于平对她说："华华，今天我想跟你说件事情，我们能坐下来好好谈谈吗？"

李华心里明白，总是这样回避他也不实际，"好吧，你尽快说！"

于平清清嗓子开了口："我们台资企业厂要解散了，你可能也听说了。我下个月可能会去广州一家台资企业的服装厂做副厂长，已经收到聘用通知了。另外也有可能去上海的另一家台资服装企业工作。具体去哪家，还没决定。到时候确定了，我先去工作一段时间，稳定后，你也可以去我那看看；或者等春节放长假我再回来看望你。女儿小琳已安排到本市一所私立学校，学费我会交给你。"

李华听着眼前男人很有条理的安排，心里五味杂陈。

表面上李华跟往常一样平静："你这么快就找到工作了，一定要好好珍惜，别再把精力浪费在无用的人身上，你明白就好！"

于平赶紧接着说："以后我会每天给你打电话。这次是我不对，请你原谅，以后咱们继续好好过日子好吗？"

李华沉默了几分钟，没有回答，随后若有所思地慢慢抬头，看着于平说："你就安心去工作吧，朋友们若问我怎么没有看见你，我会说你在其他城市发展。其他我什么都不谈，这样可以吧！"

于平很感动："谢谢你，我会回来和你一起过年。"

李华说："到时候再说吧，也许我会比你先走，单位要我马上下基层站工作。"

于平知道李华不想面对自己，想躲开自己，才选择这种远离又不离婚的相处方式。他明白李华没说出狠话，证明心里还是有他，舍不得他。

于平猜对了李华的一半心思，李华真的不想在痛苦的时候做出任何决定，才想出了这一招，用时间去淡化这些不愉快的事情。正好单位有些工作在基层一线的同志已经干了三年，这个时候需要另一批同志下基层工作，把这些同志换回来，李华报名参加了。

这一晚李华睡得很安稳，双方谈开了，基本上各自都有了计划和打算，心里的疙瘩可以解开了。

第二天早上，李华慢慢向单位走去，情不自禁地摇头苦笑着。李华想好了，争取在后天就出发。今天是来将自己的办公用品整理打包。整理完毕，做完交接工作已是晚上了。

三天后，李华简单收拾了够一个月换洗的衣服，便随着单位检查人员下基层站，调研销售情况。李华只是负责统计库存，每星期按时向市局做一个销售、库存、资金回笼情况的报表。站里搬箱子的重活没让李华干。在下面基层站工作的只有四个人，站长、销售员、仓库保管员，还有一位名叫李莲花的财务会计。李莲花是站里唯一的女同事，这一干就是三个年头。

在基层站工作可以说是一抹带十杂，活没分得那么清楚，有时候赶上一个人轮流休息，必须什么工作都得顶上。李华来了，李莲花很开心，终于有一位女同事做伴了。而且李华被安排在李莲花的宿舍。

在站里的第一顿晚餐，站长发话了，让保管员多做几道菜，特意为李华做了一大锅水煮鱼，一盘参子鱼，一大碗自己种的青菜，味道真的是鲜美。李华吃完后才意识到她最近几个月都没吃过热乎乎的饭菜。

站长在餐桌上说："我们基层站日子是苦点，没有什么业余文化生活，但是我们的饭菜养人。你今天尝的这青菜，都是保管员小张种的；鱼是在养鱼村民那买的活鱼；大米也是从农民手上买的当季新米，不吃菜都可以吃两碗。李华主任你是市局派下来检查指导我们站工作的，和我们同吃同住同劳动，委屈你了。"

李华听到站长这番朴实的话，从心里感觉到无比温暖。说句心里话，最近几个月她从来没有像今天这样放松，也没有像今晚这样好胃口，吃了这么多食物。加上大家对她的关心，李华不知道用什么话表达感谢之情，便举起酒杯向全体在座的同事说："今天我是吃得最多的人，很久没有像今天这样开怀畅饮。在今后的工作中，我会全力配合大家的工作，谢谢大家对我的关心和帮助。"

李莲花接过话说："李华主任千万别客气。我们吃什么，你就吃什么，有你这样随和的主任，而且还跟我同住一室，我好高兴。"

大家围坐在桌前，你一言我一语地聊起来，气氛轻松愉快。李华看着这些基层的可爱同事们，忽然觉得自己好开心，一时忘记了自己心里的痛。

晚上睡在床上，李华关切地问道："莲花，你每天一个人睡觉有怕过吗?"

　　莲花说:"不怕,这里很安全,站里有值班员,隔壁房间都有同事住。我们这里不隔音,有什么动静都会听到,你安心休息啊。"

　　李华说:"我睡沉后可能会打呼噜,别吵着你了。"

　　莲花说:"没有关系,我睡着后什么都听不到。我老公说我睡觉时像头猪,我恰巧也属猪,哈哈。"

　　听到莲花的话,李华也忍不住笑了出来。

第八章　告别过去

睡意向李华袭来，她在不知不觉中睡着了。梦中的李华在攀登一座山，爬呀爬呀，正要抓住山顶上的一棵树的根部时，突然手滑，没有抓住手中的绳子，掉下山去。李华大声地喊着，可是发不出声音，她挣扎着挥手乱抓，终于抓住了另一棵树的树藤。

李华突然从梦中惊醒，双手撑在床上坐了起来。李华看看莲花还在睡觉，不敢吵醒她，悄悄上个洗手间后，准备回到床上睡一个回笼觉。她又想起了编辑老师说的话："要冷静地处理问题，比较好的办法是让时间去淡化一切，不能冲动，等到真正冷静下来了，再跟着内心走。相信到那时，不论这段婚姻是留是散，你一定会活出自我，活得更精彩。"

想到这些鼓励和宽慰的话，李华释然了：我还有什么放不下的呢？没有爱人，没有了婚姻又如何？我还有好的工作，好的亲人，好的同事，好的朋友们。我已经不再是以前那个幼稚的女人了，我成熟了，是该向过去的日子说拜拜了！

历时一个月的下基层工作结束后，李华于周末回到市里的家中。钥匙刚刚插进锁眼，没想到于平从房子里面打开了门，轻声说：

"我后天就要去广州工作了，还正在想去基层站看你，没有想到你今晚回来了，真好！"

李华放下自己的小箱子，于平及时递上拖鞋。李华环顾客厅，沙发边也有两个大箱子，是于平的旅行箱。她明白他们俩，过两天就真的各奔东西了。

无论怎样，给于平一点情面吧。李华问："都打包好了？坐火车还是飞机去广州？有人送吗？"

于平说："坐火车，由章司机送我去火车站。"

火车站离啤酒厂和那个女人家很近，李华突然冒出一个念头：我要去送送这个男人。李华想，那个女人一定也会去送这个男人！依李华对章司机的了解，章司机一定会为那女人提供方便。万一碰到了，他们会编谎话说是单位派人送送于先生；如果没有碰上，也许买好了火车票同去。

李华一方面很希望自己猜对了，一方面又很恼火，如果一切都是真的呢，她该怎么办？当场闹开揭丑吗？还是再装一次傻子？一想到这些，李华头又大了。

李华不动声色地说："我去送送你吧。"

于平一愣："你要是忙，可以不用送我，章司机会帮我安排好一切。"

李华问："怎么，不方便吗？"

"没有，怕你没时间。我休假时会回来的。"

"我送你去火车站，后天几点的火车？"

"中午一点二十，可能来不及吃午饭就要出发。"

李华记住时间，就不再多问了，随后说："今天早点休息吧，等你走后，我会搬离这所亲戚家的房子，不再住了。反正你也不在本市工作了，我一个人搬回单位分的那套房子住，上班也方便。"

"搬家需要人手吗？如果你同事问你，怎么没有看见我，你怎么回答？"

李华先低头沉默了一会儿，随后扬起头直视于平："这你就别担心了，我会对所有关心你的朋友们说，你去别的城市发展了。这是实情，也很体面，那些拿不到台面上的事，我会一字不提。你以后为人处世，也掌握一个度，该怎么对外人说话，自己小心点。"

于平听到李华这样回复，总算把吊在嗓子眼的话压了下去。他也不想让众人瞧不起他，不想损坏自己在众人心目中的好印象。

李华比于平更明白人言可畏的现实。于平拍拍屁股一走了之，而李华还要在这块土地上继续生活工作，家人亲戚都在，李华必须装出什么事也没有发生，默默地扛着顶着。与其是说放过于平这个男人，还不如说是放过她自己。

李华需要工作挣钱养家和培养女儿，而且她还要挣钱孝敬父母，照顾好她的妹妹们。李华丢不起这个丑，更不想让外人看她和于平的笑话。

李华理性冷静地说出这番话，使得于平感觉有点忐忑不安，他不知道李华真实的想法。按自己对李华的了解，李华一定会闹，会强势地修理他；但是李华近几个月的表现让他有点捉摸不透。

于平对李华说："我安顿好工作后，会多攒点钱，争取回家过春节。"

李华没有言语，也没有感动，因为她听过这男人太多的承诺了。后天这个男人就要离开了，李华必须面对现实，为了女儿她也得好好地工作生活，不再去幻想着依靠谁。

第九章 送别

离开的这天，于平醒得很早，早早地去楼下早点摊上买了平日李华最爱吃的牛肉米粉加一根油条，还有江城人最爱喝的豆腐脑、糯米鸡各两份。

李华听到关门声就起来了，看到摆放在桌上的早餐，明白于平是在向她示好。洗漱完毕后，李华毫不客气地坐下来。于平从厨房里拿出两双筷子，递给李华一双说："趁热吃，这是你最爱的彭师傅牛肉粉，今天星期天，来吃的人很多呢。"

李华埋头吃着早餐，于平见李华没有说话，也安静地吃着。餐厅里偶尔发出吸米粉的声音和喝牛肉汤的声音。最后两人都把油条扯成一小段，在辣辣的牛肉汤中蘸一下，再放进嘴巴里。两个人都吃得心满意足。

于平说："以后在广州肯定吃不到这种地道口味了！今天我得吃干净。"

李华没有接于平的话，只是站起来对他说："你的口味会变的，广州是大都市，有更多的美食，你不用担心什么。"

两个人整理检查完该带的东西，一直坐在沙发上直到出发。于平提前两小时出发，开车到火车站只需一个小时，留一个小时进站。章司机准点在楼下等候，出发后没有往日那么多话，只是专注地开车。有时候会从后视镜向坐在后排的于平和李华扫一眼，李华注意到了；于平也在看章司机的眼神，似乎有话要说……

不到一个小时，车子就到了火车站。章司机停好车，将两个大箱子拿出来，于平自己提着一个随身小箱子，和章司机一前一后地走着。李华有意落在于平身后，观察着四周人群，她在寻找熟悉的身影。章司机买了站台票进站送于平，直到响起"此班火车还有十五分钟就要开车"的广播，李华也没有在站台上看见熟悉的人影。

章司机催促于平快上火车。李华的好奇心涌了上来，时间还算充足，她打算跟着于平一起上到车厢去。于平想拦住，劝说道："你不用送了，万一人多拥挤下不了火车，那可麻烦了。"

这话说出来好像是替李华着急，可在李华听起来，眼前这个慌张的男人害怕她看见什么。李华使了一股劲，将于平推进了车厢："快走呀，你坐下我马上就走。"

章司机也奇怪地高声喊起来："让一下，让一下，于先生李姐快点，就在前面第二排。"扯着嗓子喊的章司机在前面开路，于平和李华紧紧地跟着。当章司机把两个大箱子放好后，马上对于平使了一个眼神，于平赶紧对李华说："你快点下车吧，火车快要开了！"

李华站立了一会儿，迅速扫视这节车厢上已进来的人，也看了一下隔壁车厢，并没有看到她想见到的人。于平焦急地提醒李华赶紧跟章司机下车，李华才不得已快步向车厢外走去。在快下车的时候，李华本能地回头向于平坐的那排望去，一个女人的背影在于平那排坐了下去。这时火车已经要开动了，李华只有下车从站台上往那节车厢跑去。李华想证实自己的判断，她跳起来向那节车厢看去，但跳了几下，都没有看到正面。火车这时已经动起来了，李华只得气呼呼地向候车厅外走去，章司机早已在停车场等着她。

上车后李华没有把心中的怀疑说出来，只是坐在车的后排，不断想着刚刚的那一幕。难道真的是那个女人？要不然背影怎么这么熟悉呢？

章司机的问话打断了李华的思绪："李姐你是去单位，还是回家里？"

李华说："送我回家吧！"车子缓缓地停在了李华家的楼下，李华下车的时候章司机说了一句："李姐，我现在已经下岗了，今天是最后一天上班，从明天起我就只在那家修车店为自己打工了。幸好听了于先生的话，开了一个汽车修理店，不然我一时半会儿哪里能找到工作？以后有什么需要我帮忙的，你到店里找我！"

于平离开的第二天，李华趁还有一天假，赶紧请了搬家公司，将所有的家具全部给了父亲乡下的一个亲戚，把唯一的一架钢琴送给了曾经照顾女儿的二妹，再把自己和女儿的生活用品搬进了单位的房子里。李华还请了清洁工把空房子打扫得干干净净，并建议亲戚家将此房挂在中介卖掉。做完这些之后，李华似乎心里轻松了许多，她想彻彻底底地忘记这件事情。不住这里，就不会触景生情，她需要重新开始。

通过在基层站工作的一个月时间，她悟得一个道理，必须将精力投入工作，才能阻止自己胡思乱想……

第十章　果断内退

　　一晃几年过去了，于平在外地发展的第二个年头转到了广州制衣厂当副厂长。李华与于平的关系就这样吊着，大家也慢慢习惯了李华形单影只地进出单位小区。

　　2002 年六月的某一天，市局召集中层以上干部会议。领导首先听取了在各基层站调研的同志的报告，随后局领导宣布了两大改革措施，其中一项针对市局行政部门人员过多的问题。有两种处理意见，一种是鼓励市局中层干部积极响应改革号召，年龄到了四十五岁可以申请内退，停职享受百分之八十工资待遇；一种是到农村基层站担任重职工作。

　　一时间市局中层干部有人恐慌，有人兴奋，议论纷纷，李华是最冷静的一个。李华心想，按部就班的八小时工作，不能给自己带来更多的财富。现在家已名存实亡，如果自己还在原地不动，像机器人一样生活，未来二十年也还是这样的情景。能看到头的生活，一成不变的生活不是李华想要的状态，她想拼一把，想去创业。目前单位政策很好，内退还有百分之八十的工资拿。退一万步来说，就算创业不成功，李华也没有温饱危机。既然饿不死，为何不去试试呢？

李华心里已经有了主意，她不想错失良机，便响应局领导的号召，积极报名申请内退。她感觉自己没有选错，她需要换一个环境，换一个地方去寻找商机，再创业，这样才能早点实现在大都市有房有车的梦想。

在单位的中层女干部中，李华是第一个向组织提出内退申请的人员。当时有很多人不理解她，想培养她的领导都劝她三思而行；那些没有真本事的人，趁机煽风点火，好让李华早日离开单位，"你要是申请了，出去闯闯肯定比现在混得更好"。这些人想占她中层干部的岗位，巴不得她快点走。也有个别私心很重的领导另有打算——若是李华真的走了，留下空位还可以适时再得到好处，比如提拔一个想当主任的人，顺便卖个人情。

这些人心里的小算盘，李华看得很清楚。她想好了，就内退，没有什么了不起的。"不就是一个中心主任吗？将来自己干好了，说不准就是一个公司的老总！"李华对自己很有信心。

李华当年的内退申请得到一致通过。内退申请递交上去了，距离正式通知还有半个月，需要完成交接工作。有同事问李华，这次内退是不是去广州找于平。李华模糊带过这个话题。众人对于平的打探令李华坐立不安，等待通知的日子里李华度日如年，她不知道自己是否可以一直装出云淡风轻的样子。她期待着申请早点批准，省得夜长梦多。

这几年来李华对于平出轨的事处理得很好，没有几个人知道。李华也不希望众人知道她的重组家庭已是千疮百孔，而且她还没有想好怎么去应对这个烂摊子。

内退之后，李华也有自己的打算，她想一个人去南方城市深圳考察学习保险业务，她了解自己适合做什么工作。

一星期后，李华接到了人事科的正式通知，财务方面也通过了正常交接前的审核。接到批准内退通知的第三天，李华只身一人到住宿学校跟女儿说了自己接下来的生活打算，她要去深圳学习保险业务，并尽量留在深圳工作。李华让女儿好好学习，也给了女儿信心，她一定会让女儿的生活过得更好。她叮嘱女儿，学校放假就回姥姥或二姨家住。

一切安排妥当后，李华如释重负地踏上了去往深圳的火车。李华乘坐的是夜晚的火车，她靠车窗坐着，沿途风景让她无法入睡。孤独和向往交织在一起，李华思索着很多未来将面临的挑战：到一个陌生的城市意味着，一切从零开始。但是她很轻松，慢慢地感觉压在心里的石头被移开了，今后要为自己而活。

这趟火车在早晨七点半到达深圳，李华在出站前去卫生间洗了一把脸，化了一个淡妆。她换上一身适合深圳气候的连衣裙，再配上已长起来的长直发，显得年轻有朝气，像只有三十多岁的女人，要知道那个时候李华已是四十五岁。

按照本子记录的详细地址，李华直接来到帝王大厦附近。还没有到上班时间，李华就走进一家饺子馆，买了一碗素馅的水饺，慢慢地吃了起来。随后打通了事先已联系好的中介公司的电话。十分钟后一个女孩来到饺子馆门前接她，去预订好的私人公寓安放好行李之后，李华背起随身携带的挂包，跟着女孩一起出门，通过询问女孩李华大致了解了周边的生活环境。

住处离帝王大厦很近，走路只需六分钟。李华惊喜地发现了一家她特别喜欢吃的湘菜馆，想着晚上好好地到湘菜馆吃一顿，一定不能再委屈自已了。

上课第一天李华早早起来，在附近一家上海饺子馆买了一碗中份的韭菜肉馅饺子。吃完后还有充足的时间，李华不慌不忙地走进旁边的美发店修剪头发。

李华看着镜子里的自己：头发已从短发长到齐耳发，已经恢复了温柔秀气的模样。再经理发师修型打理，李华干练的气质便显现了出来。

第十一章　异地进行保险培训

　　剪完头发时间差不多了，李华拿起包快步走向帝王大厦，赶在听课前十分钟到了六楼保险代理培训教室。教室已经坐了很多人，但没有一张熟悉的面孔，大家来自五湖四海。

　　深圳是特区城市，在改革开放的年代，来这里的人们都是有梦想闯世界的人。有很多胆大的投资者，也有很多大学生、农民工、弃政从商的官员，还有像李华这样离职下海的职员，涌进这座年轻的城市。

　　李华也在无意中赶上了时代浪潮，要不是为了逃避闲言闲语，李华不会有勇气提前内退，挤进这不熟悉的保险行业。连深浅都不知道，她来就了。李华期望通过努力学习早点通过培训，早日拿到保险代理展业证书。目标清楚了，一切就绪，剩下的只需要安心学习。

　　李华踮着脚尖向教室中间倒数几排走去，那里还有几个空位。李华在一把空椅子上坐下来。

　　不多时，主持人在讲台上拿起麦克风向台下人讲道："大家安静。首先很感谢今天能有这么多同学到场，在这里我代表友邦保险

公司，向在座的学员们表示欢迎。在此感谢大家，使保险队伍又拥
有了新生力量。期待你们成为我们未来的钻石业务精英。欢迎你们
也像我一样，走上这个讲台，分享你们的学习和保险代理展业经
验。我希望能有更多的保险精英从这里诞生。希望学员们努力学习
完成培训，祝大家能够顺利通过培训考试！"

主持人说完，整个会场掌声响起，这种激情澎湃的场景，李华
好久没有感受到了。李华边鼓掌边环顾四周，这些人和李华一样激
动兴奋，一脸期待。那神情是李华在以前单位没有见过的，让人精
神抖擞。

接下来李华拿起笔记本和笔，做上课笔记，内容包括保险代理
概念，保险条款，保险理赔，保险展业中的随机预约，保险意外险
条款，等等。要学习的保险知识还真多，李华心想，要是不学习，
怎么也赶不上时代发展。

李华认真的学习态度引起了旁边一位美女的注意，"哎！你的
字写得整齐漂亮，等会儿下课后借我抄抄。中间有两段我没记
下来。"

听到东北口音，李华立刻笑了起来："好呀，你是东北人呀？"

东北女孩说："是啊，你听得出来我的乡音？我叫妞妞，你叫
什么名字？"

"你叫我李华就好，因为我也有东北朋友，所以熟悉这种口音，
感觉很亲切。"

两人迅速认识，妞妞性格豪爽，常常几句话就能引起周边同学
的大笑。

下课后，很多男生有意接触妞妞，讨好地递上水果和零食。妞

姐特别招人喜欢，和谁都能打得火热。李华仔细看着姐姐，其实姐姐长相一般，脸上还有青春痘，穿着也一般，但是她很会说话。这开朗的性格一定很适合做保险代理人，相信她将来的保险业务一定会做得很好。

学习时光一晃而过，到了第三个周末，姐姐及周围的同学又一起到湘菜馆共进晚餐。李华喜欢吃辣，常在那吃饭，没有想到同学们也找到了这家店。之前几次邀请李华都推了，这次听说同学要去湘菜馆吃饭，李华马上加入。姐姐高兴地叫起来："今天谁敢喝酒？"马上有回应："我要一杯啤酒！""我也要！"

李华也要了杯黑啤，深圳的七月真的很热，吃辣的配上一杯冰啤，很舒服。湘菜馆老板看见李华到来，很热情地接待着。

李华平时一个人来这家店吃过很多次，每次都换一道菜吃，几乎店里的每道菜都品尝遍了，因此点菜交由李华负责，她知道哪道菜的口味重，哪道菜鲜美。那一餐大家吃得很尽兴，结账时老板还看在李华的面子上打了折。八个人摊起来每人只付不到五十元钱！同学们吵着下周再来，老板当然开心。也就是这一来二去，老板知道了李华他们是保险公司的人。

散场后，姐姐问李华："李华你住哪里？要不今天跟我一起去我那里住吧，反正我叫出租车是一个人，住也是一个人。我有两间房，你真的可以住在我那里。而且今晚我想跟你商量一件事！"

李华以为姐姐需要自己帮忙考试复习的事情，才客气地邀请她一起住，便说："姐姐你放心，我已经把下周考试的复习题印了两份，我会给你一份。按照上面的内容复习，考试没有问题，你不用担心。"

　　妞妞说："谢谢，我需要这些复习题，不过我还是希望你来住一晚上！"

　　李华看妞妞是诚心诚意邀请，便同意随她一起回去。

　　深圳的夜晚，灯红酒绿，高楼大厦在李华的眼前飞过，出租车在宽阔的公路上行驶，沿途灯光通明。要不是陪同妞妞去她家住，李华还不知道深圳的夜晚这么美。李华平日下课后，除了吃饭、洗头在外面，从来不在夜晚出去，更不会去逛夜市。

　　二十分钟左右就到了妞妞租住的小区，环境的确优美，几道电子刷卡门看来很安全，也有保安值岗。妞妞住在 6 楼 9 号房，两室一厅一卫。妞妞和李华洗完澡后坐下来闲聊，妞妞直接对李华说："我想考完试后，咱们一起先去人才市场中心工作，因为有底薪六百元加提成，可以一边工作一边做保险，你看呢？"

　　李华说："很好的主意，你有熟人是吗？"

　　妞妞说："对，你平日里穿着打扮很干练，很像管理人，那个老板肯定会录用你。管他呢，反正每天只需去报到，每月还有六百元底薪，生活费挣到了我们再去做保险也不影响。"

　　李华："行啊，你真有点子，我听你安排。"

　　妞妞说："还要告诉你，这所房子其实是我香港的男朋友给我租的，一个月三千元人民币。你来我这里住一间，每月只给我五百元就行，在这里肯定比你那私人公寓好，你那还要六百元。你认为呢？"

　　李华思索了一会儿回复道："我这个月房租到期之前答复你。等下周考试通过了，到时候在哪里住都好商量。"

　　妞妞说："好吧，我看是你才放心，要是别人我才不会合租呢。

但是，我男朋友每半个月会来住两天。他来后，你别说是合租，就说我们是一个班学习的学员。"

李华说："好的，床上用品都有吧？"

妞妞说："有席梦思床垫，没有床，其他都有。"

李华看到妞妞脑子转得很快，她很佩服，小小年纪比李华这在事业单位干了二十多年的人还显得精明能干。

李华跟妞妞都通过了保险代理培训考试。考试过后，李华办了退租公寓手续，搬进了妞妞的房子。

李华得到妞妞的帮助，感到很庆幸。即将在深圳开始保险展业的时候，自己不仅安顿好了住处，还找到了一份与保险工作时间不冲突的体面工作。能多挣一点是一点，六百元也可以当是房租有了着落。

第十二章　挑战自己

就这样李华于八月份在深圳开始保险代理展业了。当时新的保险代理人必须自己买一份一年意外保险单，一个月需要完成五单任务，才能拿到新人钻石奖励，当月会收入佣金五千多元。李华认真学完保险展业知识，决定先把自己周围的人作为随机展业目标。

在跟妞妞合租之前，李华想从住所附近的熟悉面孔入手，随机推销。

李华每天先到人才市场中心报到，忙一上午后，快到中午时分就去熟悉的目标地段寻找保险展业的机会。

第一天，李华想把自己打扮得精神点，她首先想到的是她常去的美发店。经常服务李华的 6 号理发师一看到她进门就热情地招呼道："你好，今天是洗头还是剪头发？"

李华说："我今天找你办洗头月卡，还有优惠活动吗？"

6 号理发师高兴地说："谢谢你照顾我，今天不赶时间吧？"

李华说："不赶时间。"

理发师帮忙挂包，顺便问了句："今天包怎么这么重呀？"

李华神秘一笑："哈哈哈，那是一包钱啊，别搞丢了压坏了！"

理发师听到李华这话，很紧张地又把包取了下来："你还是抱着吧，这可不能大意。"

李华说："你也可以有这么多钱，等会儿洗头时跟你说说！"

理发师好奇地问："你在做什么业务？"

李华笑笑说："你想不想了解下人寿保险，保额十万，一月只需缴一百二十元，越年轻，投保保费越少，你多大？"

理发师说："我二十二岁，投保多少钱能有保额五十万？"

李华说："我建议你先别投保五十万，你先试试投保十万。一月只交一百二十元，这样你没有经济压力。只投保一年，等你有钱了稳定了，了解了保险的好处后，再做人寿终身保险计划。反正每月只花一百二十元，还有一个安全保障。"

理发师边洗头边和李华开心地聊着，洗完头，李华先在柜台办了洗头月卡，顺便把保险单拿出来，跟理发师说："你的身份证给我看看，登记一下号码。"

理发师没有犹豫，从自己的工作箱里拿出来身份证给李华看，李华用手机拍了一张，"需要用作复印件。你在这签名就可以了，你是每月一缴，半年一缴，还是一年一缴？"

理发师说："我半年一缴吧。"

李华说："没问题，半年只需要七百二十元。现在付款，明天我就给你申请保险，随后送收据。你看，你跟我一样的保额，我的保费却要多很多，因为我的年龄大些！"

理发师看了点点头："真的呀，年轻投保交保费少些。我相信你，你总是照顾我生意，反正一个月只要一百二十元，我负担得起。"

李华说:"这就对了,要给自己规划理财,遇到意外不慌!"

就这样,第一天展业成功!李华出店后,高兴地鼓励自己:"我就是做保险的料!"

说实话,这张保险单的推荐成功,让李华找到了自信。

第二天李华去公司,将保险费上缴,开好收据,又领了几份保险申请表。快到中午时分,李华来到她常去的湘菜馆,选择老地方坐了下来,这次是老板亲自接待。一点后才是餐厅高峰期,李华有意来早点,客人还比较少,现在不忙。

李华对老板说:"老板你现在可以和我聊十五分钟吗?"

老板说:"可以,你想吃什么?"

李华不紧不慢地从包里取出保险单:"老板,我给你送保障和钱来了,你想要吗?"

"还有这么好的事情?不会是要我买保险吧?"老板边坐下边说着。老板知道李华是做保险的,但之前李华从没有推荐过他买保险。

李华直截了当地说:"如果只需要你每月缴二百元左右的保费,缴一年有十五万元保额,你愿意买吗?"

"有这么好的保险产品?"

李华拿出笔在纸上画着,算给老板看。几笔线条下来,老板就懂了。李华说明了投保的好处,分担意外的风险。李华还补充说:"你店里,厨师杂工连你一共五个人,加上店里装修费用,我给你计划了一种最实惠的保险保障,以小博大,负担还很小,你保证愿意投保!分担起来,员工每人每月只交几十元,老板你根本没有压力,而且还能提高员工的安全意识!何乐而不为呢?"

老板笑了,李华说出了他曾经的烦恼和担心。员工有了保障是不会随便辞职走掉的，解决了老板担心的员工流失问题；而老板给员工的奖金，也可以拿出一部分给员工买保险作为保障奖励，双方都高兴！

无疑，湘菜馆老板的保单谈成了。通过两次成功，李华有点摸到门道了。

李华想到了来深圳打拼的在证券公司工作的老同学陈雄。陈雄一直是班里的学习尖子，而且文笔很好，是班主任老师的得意门生。李华只身一人来深圳这事，曾无意间对班主任老师的爱人说过，没想到班主任老师知道了，立刻打电话告诉了他的得意门生陈雄。陈雄在李华学习期间打电话联系过李华几次，要请她吃饭，都被李华拒绝了。李华想着是时候请这位老同学吃一顿饭，顺便说明自己已正式投身保险这个行业，让老同学支持。

李华早知道陈雄住在离帝王大厦不远的证券公司宿舍楼。刚来深圳时，李华不想给老同学添麻烦，于是没有告诉陈雄她也住在附近。现在不同了，李华认为自己生活上的事都解决了，现在是创业，是谈工作，可以光明正大地请老同学支持了。想到这里，李华拿起手机拨打陈雄的号码："喂！你好啊！"

那边传来陈雄的声音，李华笑着说："是我，约你吃饭，我请客怎么样？"

陈雄说："哈哈哈，太阳从西边出来了，你怎么会有空请我吃饭呀？我都邀请你几次了，你都不给面子。来深圳快两个月了，都不见我。要不是班主任告诉我，你肯定不打照面！怎么，有事？"

李华说："请你吃饭非要有事？你是中午方便，还是晚上有空？"

陈雄说："好，我上午比较忙，下午还要开个小会，晚上咱们在帝王大厦附近一个上海饺子馆碰头吧！"

李华心想：真巧，陈雄也知道那个饺子馆。

李华说："好，就依你。咱们六点在上海饺子馆见！"

陈雄和李华到店前后不差两分钟，两人见面都格外开心，陈雄没把李华当外人，问道："你也喜欢吃这家饺子吗？"

李华说："喜欢，但是请你吃饺子，是不是太委屈你了？"

"哎呀，这家饺子很好吃，别到处跑了，我们可以多聊聊。"

"好吧，别说我不请你吃好的。"

"这家店的饺子比什么都好吃！"

两人说说笑笑走进饺子馆，选择一个靠窗户的位置坐下来。服务员上前问："还是吃老样的吗？"两个人同时点头："对！老样子！"

两人又同时笑了，指着对方说："原来你也常来吃呀，怎么没有碰到你？"

笑过后，李华直接说了要完成保险单任务的事，她只需要陈雄买一个小保险单，一年的意外险种。

陈雄说："要买就买人寿终身险种。"

"我不建议你现在买人寿终身保险，因为你也是刚来深圳，事业还没稳定，经济上也不富裕。等你发达了，买房了，再考虑买一个大保单，行吧？现在买一个小保险就好了！"

陈雄说："好吧，就听你的，买那种一年十万保额的吗？"

"嗯，你自己填好表再给我。"

表刚填好，饺子就端上来了。李华乘机说去洗手间，把单买了，另外又加了两份凉拌菜。两人慢慢吃着饺子聊着天，李华心想这位老同学真够意思，根本没有做什么思想工作就投保了。

李华知道这是一张友情保险单！

四张小保险单都完成了，如果按这样的速度进展，李华不仅能拿到新人钻石奖，还有可能上本月的红人光荣榜！但是李华知道，她还需要完成一张大单，人寿终身保险单。

李华想到了小妹曾经对她说过的话："姐，如果在深圳有困难，需要帮忙，可以去找我的学友，荣总。我对他说过，你到深圳发展了。他当时非要请你吃饭，我替你回绝了。"

李华算着日期，快到月底了，不得已打通了荣总的电话，预约了见面时间地点就把电话挂了。这个电话李华处理得小心谨慎，因为是妹妹的学友，她不知道以什么方式开口谈保险。这下真难为李华了，但她一直鼓励自己，这是谈工作，厚点脸皮不是丑事，保险行业就是很锻炼人。

李华给自己打气，决定看情况再说，氛围不适合谈保险，她就不说，不能让妹妹的学友感到为难。

终于到了约定的星期六晚上，吃饭地点是荣总订的餐厅。李华刚进餐厅，服务员就引着她走进了一个包厢，荣总已等着李华到来："大姐好，路上好走吗，堵车吗？"

李华说："还好，顺利，给你添麻烦了。"

荣总说："早就想请你吃饭，一直不好打扰你。听你小妹说，你保险做得还不错，有需要我帮忙的吗？"

听到荣总直奔主题，李华不担心了，她顺着话题实话实说，荣总听完笑着说："给我儿子做一个少儿一生有保障的保险吧！保费每年五千元内的。打算缴二十年，是人寿终身的险种，一种就行，大姐说了算！"

李华认真地分析了荣总儿子的情况，算了一种最适合的人寿保险。荣总一看，很高兴地说："谢谢大姐想得周到！"

这顿晚餐吃得越来越温暖，这也是李华来深圳吃到的最丰盛的一次大餐。李华从来没有像今天这样感到轻松。

月底的表彰大会上，李华站在舞台中央举起本月钻石奖杯，在欢呼声中和公司高层领导合影留念。照片记录了这光荣的瞬间，李华的保险展业开了一个好头！

第十三章　拜访朋友

刚来深圳的这些日子里，除了工作和学习以外，李华经常通过报纸了解有关新楼盘的信息。她喜欢通过看房子打发时间，以此度过一个人的周末。李华会去新楼盘，也会在售楼部小姐的推荐下看样板房，算一算首付款多少钱，付多少成可以成交，看上去就像是真的想买房的女主人。

刚到深圳的一个周末，李华去拜访女友万咪。当时她们在福田区看了三个新楼盘，其中有一楼盘的面积很小，为16.67平方米一室一卫的公寓房型。李华对万咪说："这个房子的首付我付得起，我想把它买下来。我不想总是租房子，万咪你看呢？"

万咪回答："算了吧，你才来几天啊，多看一下嘛。别一下子冲动就买房子，要买房子也要等工作稳定了。等你确定要待在深圳了，我再陪你到其他地方看看。真的不要太冲动了。"

好友万咪是单身，因为丈夫出轨跟保姆好上并生了孩子，万咪一气之下跟单位辞职下海来到深圳打拼，现在投靠在深圳的哥哥，已经打出一片天地了。万咪拥有自己的房子，她把房子作为投资，出租赚取租金，自己则在哥哥家居住。

万咪离婚后就再也不想结婚了。每年万咪回老家的时候，李华和闺密珍珍都一起接待她，打保龄球，唱歌，吃饭，上美容院，足疗馆洗脚……总之几个女人在一起有很多快乐的时光。

李华说："好，我听你的，不随便乱买房子。但是我真的很喜欢看样板房的感觉，很过瘾！"

"是啊，我也喜欢房子，好像只有房子能给女人安全感。哎呀，还是靠自己吧，挣钱以后想买什么房子就买什么房子，是吧！"

李华说："你说得太对了，我的事情你也知道了，我换个新环境就是想重新开始，所以一定要多挣钱，过自己想要的日子！"

万咪说："反正你现在是分居状况，安心做你的工作多挣钱，以后走一步看一步。"李华点头赞同。

到了中午时间，两个人一块儿吃了饭，饭后两人准备继续看房子，就当是散步帮助消化。就这样，李华了解了深圳很多房产信息。

接下来的周末，李华去拜访了妹妹的一个学生。这个人名叫黄文，是一位来自麻城的农村男孩，他正在做汽车配件及汽车改装的生意，还开了一家洗车店。

妹妹介绍说过，黄文先是一个人去深圳打工，结果不到两年就把农村的一家人都接到深圳创业了。现在的几个店，全部是他们自己开的，真不简单。这么厉害的能人，李华早就想见见了。

这天，李华打通黄文电话："黄文你好，我是李老师的姐姐！"

电话那头马上回应道："是李姐啊，你把地址发给我，我开车接你。"

李华发了地址后，就在帝王大厦附近的停车场等候。不到半小时，黄文开车来到。李华看到丰田小车里下来一位个头不高，胖墩墩，笑眯眯的小伙子。小伙长得很壮实，到了李华跟前说着"李姐，你好，快上车，咱们车上聊！"

"好，谢谢你来接我，给你添麻烦了！"

"不客气，只要你不嫌弃，可以住在我们店的职工宿舍。这次先带你去看看我的三个店，随后我的家人为你接风洗尘。我来接你之前就订好酒店了！"

李华说："不要太麻烦了，我来是想向你取经的，你是怎样在两年不到的时间，把一家人接到深圳创业，而且还买了三套房？听我妹妹说，你特别能干！"

黄文笑着说："那是李老师高看了我。我做汽车这行，纯属偶然！"

接着黄文向李华讲述了自己的创业过程，李华听得很佩服。

第十四章　调研深圳房产市场

中午为李华接风时，黄文的创业故事也说得差不多了，李华听完还是觉得很震撼，久久回味。黄文突然想到看房子的事，准备下午就带李华去看罗湖及龙港区的四个楼盘的房子。

黄文说："这个周末，我一定全程当李姐的专车司机，去看样板房。"

李华感谢黄文："这次真的没有白来，你的创业史都可以写上一部书了！"

那两天黄文带李华四处看房，黄文对房地产当前的形势和未来发展走势作了分析，李华有了参考依据，非常兴奋，同时坚定了今后也要购置房产的信心。黄文说的那句话，李华记得最清楚："李姐，告诉你哈，这几年，只要你手上有钱，就在大城市买房，房价绝对会涨。买了房就是挣到钱了。李姐，买房是时机了！"年轻的城市深圳让李华看到了很多希望和商机。

在接下来的周末，李华又主动约了那位文笔很好的老同学陈雄。李华讲明自己的想法，让陈雄和自己一起去了解小梅沙附近的海景房。

　　陈雄接到电话立刻就答应了："好呀，我来深圳这几年，周末经常加班，从来没有犒劳自己，给自己放个假。正好这个礼拜跟你一起看房，好好享受海边生活。请带上游泳装，咱们顺便去海边游泳。那就定在星期六，还是饺子馆见。"

　　李华说："好的，但是明天不吃饺子了，我们见面后换一个地方，去吃牛肉米粉！我知道哪家好吃！"

　　陈雄说："好的，明天见！"

　　就这样，第二天早上六点多钟，李华和陈雄见面以后，李华直接带着陈雄去了那家牛肉米粉店。老板娘非常热情地冲李华打招呼："今天来两份吗？"

　　李华友好地对老板娘说："对，再加两根油条。"

　　"好的，马上来，你们先坐下喝茶。"老板娘是重庆人，为人爽快热情。店里的食物味道正宗。

　　李华对陈雄介绍说："这米粉越辣越好吃，最后剩下的汤汁也不要浪费，你用油条蘸上汤汁，浸泡两秒再吃，那味道你绝对喜欢！"

　　陈雄说："在这方面我得向你学习，劳逸结合，边工作边享受。对了，你是打算买房子自己住，还是想在深圳这里投资试试？"

　　李华说："第一，我确实喜欢看房子，那种感觉让我太舒服了。第二，如果有适合的买房机会，我当然也不会放过。"

　　吃完早餐，两人搭乘了去小梅沙海边的巴士，大约一小时就到了。一下车，就看到有举着看房广告牌子的售楼处美女对下车的人介绍说："跟我们的车去看海景房吧，有免费茶水甜点水果，还提供自助餐。"

　　李华和陈雄上了看房车，沿途的海景尽收眼底。售楼小姐在车上就开始用广播话筒介绍房源、周边环境、交通等条件，价格每平方米只要四千三百元。当时罗湖每平方米六千元，福田每平方米六千六百元，龙岗房价是四千元左右，各区的价格差一目了然。

　　这趟行程，李华把深圳2003年的房地产行情统计了一下，心里有数了。黄文的那些话她听进去了，她决定，只要有钱，便买房。

第十五章　积劳成疾

　　李华来深圳有一段时间了。秋天的晚上，李华一个人躺在小床上，看着天花板，想着如何进一步开展保险工作。此时李华感觉到很孤单，每天晚上都是一个人待在窄小的公寓，房间里只有几件简单的生活用品，这不是她想要的生活。

　　她不喜欢租房的感觉，但在深圳生存并不容易，在深圳买房也不容易。好在李华有信心，她勤奋，热衷关注房地产的信息，她相信坚持下去，总有一天会有自己安身的一个小天地。

　　一连几个月的强化培训学习，以及奔波展业的辛苦，加上自己又吃了一些辣的食物，最近李华的嗓子有些疼痛。

　　李华印象中公寓楼附近有一个私人小诊所。她随便穿上一件宽松的外套，拿起无论走到哪里都要提着的那个包，来到小诊所。

　　夜晚九点，小诊所还有一些坐着输液的病人。

　　李华对医生说："医生麻烦你看看，我有些咳嗽，嗓子特别干疼！"

　　医生叫李华张大口，用小木签压下舌头检查："对，你嗓子已经红肿了，得先打三天吊瓶消炎，打吗？"

　　李华说："打，现在就打，能躺在床上打吗？我想睡着打会好受点。"

医生说："可以的，要收床费十元。"

李华此刻只想赶紧就医打吊瓶，早点好，少受罪。她向医生点点头，从包里拿出银行卡刷了三天的吊瓶费用，另外开了一些吃的消炎药和止咳糖浆。

小诊所共有两个人值班，一个医生一个女护士，服务态度挺好。十分钟不到护士就配好了药，走到里间床边，喊李华名字。确定是李华之后就开始做皮试了。十五分钟过后，护士看过皮试对李华说："还好，你不过敏，可以打吊瓶了。"

看着药水一滴一滴地进入身体，李华感觉好像舒服了一些，也许是心理作用。

这个时候李华衣兜里的手机响了起来。接通后，电话里传出她熟悉的声音："华华，你在深圳还好吗，在干吗？"

真是怕什么就来什么，这个声音搅得她心神不宁。她躲得这么远，还是被于平找到了。

"于平，请你别再叫我小名华华，请称呼我全名李华！你是怎么知道我在深圳的？"

于平的声音传进李华的耳朵："这不重要，要找到你很容易。重要的是，我要告诉你，我所在的广州服装厂离深圳很近，乘火车只需要四十分钟左右。我可以来看你呀！听你说话，嗓子有些沙哑，你生病了吗？明天是周末，告诉我详细地址，我来看你好吗？"

电话这头的李华静静听着，心想绝对不能让于平知道她现在住的地方。这里环境太差，如果让于平看到了，那不是让他看笑话吗？

"你不用来看我，我正在打吊瓶，吃了药就会好的，没有事我挂了!"

不一会儿电话又响起,护士没有走远,示意李华接电话,不然铃声会吵着其他打吊瓶的病人。没有办法,李华只得压低嗓门说:"你说吧,还有什么事?"

于平温和磁性的声音再次响起:"那等你病好了,来广州服装厂吧。我会去火车站接你,我现在住在厂里单间宿舍,吃在职工小食堂。我厂里有一批女装,你来玩玩,顺便挑选一些你喜欢的款式。"

李华只得敷衍答应:"等病好了,我再去广州。现在我想睡一会儿,挂了!"

手机终于安静了下来。于平是性情中人,他对谁都好,耳根子软,如果不是图他性格好,当初李华也不会嫁给他。

李华暗地里还是会把于平跟一些向她示好的男人比较,这证明李华还是没有彻底放下。

闭上眼睛躺在病床上打吊瓶的时间里,李华像在做梦一样,一场一场的过往在脑子里快速闪现。她都没有察觉吊瓶是什么时候打完的,还是护士的声音打断了她的思绪。

李华走出诊所已是晚上十一点了。李华走向自己租的公寓,回家倒头就睡,一觉睡到天亮。

连续打了三天吊瓶,李华很快恢复过来了。

一晃又快到周末了,她犹豫要不要去广州看看于平的服装厂,顺便了解他的近况。这也是一个机会,无论怎样她必须面对于平,是分是合都得处理,不能总是这样躲避和拖着。而且还可以去看看广州的房地产市场,这才是李华去广州的真正原因。

这时手机又显示有人来电,一看号码,是于平打来的。

"喂，好些了吧？这个星期六你来广州吧，买好火车票后告诉我火车班次，我来接你！"

李华其实已经说服自己了，可不知怎么回事，对于平的邀请，她还是很纠结很矛盾。

李华想了一分钟说："好吧，我去，现在就去火车站买星期六的票。另外星期天你能陪我去广州白云山吗？我想去看一个新开的楼盘。"

于平秒回："可以啊，你星期六来，把衣服选好，晚上带你去吃地道广州菜。你多喝点广州的煲汤，补充营养。星期天就专程陪你看房，晚饭后送你去火车站，返回的火车票我们到了站台再买。返回不赶时间，几点到几点走，很方便的。"

于平小心说着，李华听到于平的口吻几乎在哄着她。她心里想，早知今日何必当初啊！

火车班次多，车票很好买。李华将火车班次信息短信发给了于平。一切准备就绪，到了星期六李华简单地带上小包和一部手机就出了门。病后痊愈的李华还是有些柔弱，但看起来却更显温柔妩媚，更有女人韵味。

李华特意挑选了一件很柔软的连衣裙，上身白色背心，下身浅黄色小花裙子。这套衣服还是 1999 年，李华和于平还有女儿小琳在上海游玩时买的，现在穿起来还是那么合身。李华喜欢这裙子的面料，太适合在南方城市穿了。自己轻装上阵的样子比深圳人还像城市人，到广州也像广州女子。

李华刚上火车就睡着了，没多长时间就到了广州。

第十六章　就此永远别见了

出火车站后，于平一眼就看见了李华，上前牵着李华的手说："我一眼就认出这条熟悉的裙子。你真苗条，变漂亮了，一路还顺利吧。你看多方便，以后有空，可以常常过来聚聚。"

李华没有答话，心想：让我瘦下来的不是你吗？看来我还因祸得福咧！

李华跟在于平身后，上了一辆宝蓝色小轿车，这是服装厂销售部的车。到了厂里，于平直接带李华去库房，挑选出口转内销的衣服。从童装到女装和老人服饰，李华给家人都挑选了适合的衣服。她忘我地挑选着，甚至忘了身体才恢复不久，依然有点虚弱。

李华最终选了三十多件，从来没有这样爽过，就该让这个男人破费！李华在心里骂道："这男人真是贱，对他好的时候不珍惜；没有把他当一家人了，却像哈巴狗一样黏着！"

于平助理对李华说："李姐，于厂长已把你要买的衣服全部付款了。我给你包好，放在于厂长办公室桌上。"

之后于平跟李华到一个中式餐厅吃晚餐，那里有乐队演奏，气氛浪漫。于平点了例汤清淡鲜美，喝完汤后李华没有吃多少东西，瘦了之后，似乎胃口也变小了。

第二天于平带李华到广州白云山楼盘看房，那里的房子看上去很高档，六千七百元一平方米。样板房设计得合理实用，方方正正，一点都没有浪费空间。李华喜欢这房子，但是不太喜欢广州，只是过把看房子的瘾，顺便了解不同城市的房地产行情。

这段时间以来，李华最大的收获就是把深圳和广州的房价作了比较，哪里适合生活，李华心中有了数。她也意识到跟于平不可能再续前缘了，虽然他们还没离婚，但已分居快两年了。

这趟广州之行，是李华跟于平最后一次的团聚，李华已经预见了他们的将来。

通过这次广州之行，李华觉得是时候离开这个男人了。她会回老家城市，和于平解除两人的婚姻关系。

到达广州火车站已是夜晚7点钟，于平帮李华拎着装衣服的大包，送她到车厢座位上，叮嘱了李华几句就出去在站台上站着，一直等到火车发动才离开。李华一直看着他远远的影子变得模糊不清。火车在夜幕中向着前方冲刺，在轨道上奔驰得越来越快，像是在对李华说：你终会冲破束缚向新的目标前进！

自从李华搬进姐姐的房子后，房间经常传出两人的笑声。这间往日冷清的房子也有了人气，她们同进同出，厨房里也常看到两人忙碌的身影。姐姐会做东北乱炖，李华则将湖北的特色菜肴搬上餐桌，而且每顿换一个花样。两人经常还会喝点啤酒，边吃边喝边聊，日子过得简单开心。

姐姐对李华说："女人离开了男人一样可以过得潇洒，不是吗？"

其实李华搬到妞妞的住处，也是为了杜绝自己心软。她怕以后万一于平找理由来看她，她可以用与女伴同租一屋不方便为由，礼貌地拒绝。

第十七章　互诉秘密

妞妞和李华白天一起去人才市场做接待登记工作，剩余时间就做保险业务。

对新人来说，前三个月是展业的观察期。适不适合投身保险行业，在最初的冲刺阶段就能看出来，能坚持下来的新人，一般做保险行业是没有问题的。

有一天晚上，妞妞跟李华聊天时突然说到自己的家庭。妞妞拿着一本很旧的影集，在客厅的沙发上坐下来，打开影集拿出一张五岁小女孩的照片："我哥的孩子好不好看，我在老家时经常去看我哥的孩子，我现在非常想她。"

妞妞聊着她家里的事情，谈到侄女就情不自禁地低头抚摸照片上的女孩，接着整理一下情绪又谈到她香港男朋友的事情。她说："我可能会在下半个月离开这个地方，因为男朋友已经有一个多月没来了，这很不正常。在以前，每半个月他都会来聚两天，你见过我的男朋友，很帅是吧？你觉得他像没有结婚的吗？他只付了半年租金，现在快要到期了，要再续租金才能居住，而且是需要一次性交清半年租金，如果他不来，证明这爱情必假无疑，我还有必要守着这套空房吗?"

李华说:"我感觉他有家庭。如果他最近不来,房子到期,你也没有必要再续租了。一个月三千元的房租不便宜,而且你也没有必要住这么大的房子。我建议你下个月离开这里,你说呢?"

妞妞说:"这保险业务学到了,但我还没有做成几单。男朋友照顾了我一单,还有其他人买了两单,我没有完成业绩,看来我不适合待在深圳,如果他不做我的男朋友,我也只得回去,看看我哥的孩子。"

说话间,李华听出妞妞对她的侄女有很深的感情,既思念又悲切,就像在想念自己的孩子。李华猜想那就是妞妞的孩子,两人长得很像。

妞妞无意中说漏了嘴,问李华:"孩子长得真像我,你觉得是不是?"

李华慢慢抬头看着妞妞说:"确实像你。而且感觉你谈起这孩子特别伤心,好像有什么话要说。如果你有什么心事可以跟我聊聊。我最近咳嗽得厉害,兴许比你更早回老家治病。"

那时是 2003 年,深圳和广州已经是非典的重灾区。李华又说:"在非典疫情下,我的咳嗽很耽误保险工作。只要咳嗽,人家都躲得远远的。如果你决定换小公寓,我可以在走之前帮你搬家。"

妞妞说:"以后你治病还有单位可以报销,我只能回老家,还不知道要做什么工作。东北那地方气候太冷了,回去就不想工作。不瞒你说,那女孩真是我的孩子,她已经五岁了。我离婚了,我的前夫是个东北爷们儿,好斗,又不负责任,老爱打人。你知道家暴吗?非常可怕,我跟他在一起,他经常打我,扯我头发。我没办法一个人带孩子，所以把女儿送到我哥身边，我出来打工挣钱寄给我哥，作为孩子每个月的抚养费。"

　　妞妞掀开衣服，让李华看她身上的伤疤。除了脸部是好的，全身都是伤痕。李华理解妞妞，善解人意地安慰她："别太难过，回家看一看孩子，以后再出来发展也不迟。房子也快要到期了，最近提前与中介办好手续，把房退掉，这样你也就不拖欠房子租金了。"

　　妞妞说："那你回老家后，准备干些什么呀？"

　　李华说："我回老家后，首先住院把病治好，然后趁这段时间把老家自己的房子卖掉，也把父母亲的老房子卖掉，然后买一个大一点的房子，名字写老爸老妈的，让俩老人放心。把他们安顿好，这样我就可以安心再出来创业。我感觉来深圳只能顾到自己，父母和女儿我都顾不上。我想去女儿以后读大学的城市，到那里去创业，做点小生意，开个小服装店或者小茶楼。我很喜欢那种小资小调的生活状态，不需要挣很多钱，但要很干净。我喜欢写作，一直想等工作稳定了，思想性情成熟了，再开始做这件事。我也想开那种'书吧'，可以疗愈我自己的内心。我很喜欢挑战自己，喜欢尝试各种喜欢的工作。反正不试一试，就是不甘心！"

　　"好佩服你，雄心勃勃！"妞妞笑着回复李华。

　　李华也情不自禁地跟妞妞聊到动情处，说了自己老公外遇的事情，妞妞听完后又安慰了李华一番。

　　从室内向窗外望去，可以看到繁华的深圳夜景，这是李华和妞妞打拼过的城市。那高耸的大厦和低矮的公寓楼，还有杂乱的小房子，都是她们努力的见证者。

第十八章　离开深圳

　　前些日子李华在人才市场认识了一个同乡，是湖北新洲的一个美女，名叫静雯。李华见到老乡感到格外亲切，于是把静雯介绍给东北的妞妞。以后三人经常在一起吃饭，虽然是盒饭，但每个人点一个菜，凑起来大家一起吃，这样就可以吃到三种味道了。

　　静雯就像她的名字一样，是个非常文静的姑娘，身型小巧，说话声音很特别。静雯长得很秀气，大大的眼睛和高高的鼻梁，几乎占了一半脸。妞妞很羡慕她的年轻漂亮。

　　静雯很庆幸在这里认识了老乡李华，虽然年龄比她大一圈，但是看得出来李华心地善良，她真心喜欢李华。于是静雯邀请李华搬过来同自己一起住。

　　李华对静雯说："暂时不搬你这边来，因为我才搬到妞妞那边，住得还好。而且我感觉深圳的气候不适合我，我在深圳这几个月里老是咳嗽。最近非典太严重了，大家都很谨慎，小心躲避。我知道自己没有得非典，但别人不知道啊，特别是咳嗽的时候，别人下意识地远离，根本没有心情跟我聊，所以最近很费劲。这一个月我根本没有跟进的保险客户，所以我一直在考虑先回老家治疗咳嗽，等病情缓解再来深圳工作。"静雯理解李华，就没有再坚持要李华搬进她的公寓。

那段时间，李华因为咳嗽的问题痛苦不堪。

李华权衡再三，还是决定回老家医治，其中一方面原因是自己的医疗保险在老家，可以报销。李华拿定主意后，选择在月底与姐姐和静雯商量这件事。

李华说："这段日子里幸好有你们，我们之间有了难舍难分的情谊。我先回去医治咳嗽，不知道还回不回深圳。如果不回深圳，我想我也不会选择在老家发展，我会选择在老家附近的省城，这只是我初步的计划。其实我非常喜欢深圳，这是一座年轻的城市，就业创业机会多，可我真的适应不了这里的环境。来了几个月，几乎隔一个月就犯一次咳嗽，实在受不了。身体健康很重要，你们看我来深圳已经瘦了，现在还在继续瘦，这样下去身体非垮不可。"

李华搬家的那天，深圳的天气很好。李华把自己所有的生活用品都留给静雯使用，姐姐准备要退房子，也一同整理自己的行李，所有可用不可带的东西，都交给了静雯。姐姐走了，李华也走了，留下静雯，还有适合在这里坚持拼搏的人们。在这片土地上依然还有人继续在迷茫中奋斗。

李华在心里说："深圳，我很喜欢你，可又不得不离开你。但是，我不后悔我曾经来过，奋斗过。"

姐姐对李华说："谢谢你，让我下决心找到了人生目标。你转变了我的观点，以前我总指望找到一个爱我的男人然后好好生活，现在我明白，女人要想幸福还是只能靠自己。"

静雯说："你们都走了，我真有些难过，但也很庆幸和你们成为好姐妹。若你们再来深圳，无论是创业还是旅游，都到我这里来。不要嫌弃我这个小家，欢迎你们来住，这就是你们的家。"

月底的最后一天，李华来到深圳的火车站。背向火车站，仰望天空，看着远处车水马龙，人来人往。她意识到自己马上就要离开这里，然而自己对深圳已经有了很深的眷恋。

第十九章 回到家乡

火车的鸣笛声把李华的思绪带回了即将奔赴的湖北，她的老家。

下车的时候车站果然查得很严格，每个人必须量体温。庆幸的是李华一路没有咳嗽症状发生。

下了火车，李华没有惊动家人朋友去接她，而是自己坐公交车回了父母家。

"家乡我回来了！"

李华回到家里，父母亲高兴得不得了。

看着消瘦许多的女儿，母亲心疼地问："在外面吃了不少苦吧？"

李华微笑着说："回家看到你们都好，就不感觉苦了。放心吧，一切都过去了。现在我就想去医院把咳嗽治好，省得你们担心。"

李华父亲发声了："还知道回呀，那么好的工作说内退就内退，也不想想都四十多岁的人了，女儿在读书，这个家没你不就散了吗？不说你了，回来就好。赶快去把病看好，患个咳嗽把人瘦成这个样子，还真不爱惜自己。"

李华放下行李箱，简单收拾了一下，母亲非要李华喝一碗排骨莲藕汤再出去。李华看到满满一碗自己最喜欢喝的汤，也毫不推辞，一口气喝完，满嘴都是油。这一路下来她也真饿了。

母亲说："别急，慢慢来，别烫着。还有汤，再给你盛一碗。"

"妈做的排骨莲藕汤真好喝，我吃饱了。我去医院彻底检查，你们别担心哈！"

李华准备看女儿的事就安排在出院以后，李华不想影响女儿小琳的学习。二妹把女儿照顾得很好，替李华这个当妈的做了很多事情。

出了小区，来到巴士车站，两站路程就到了医院。医生检查完李华的喉咙，对她说："你得的是慢性咽炎和支气管炎，你的喉咙炎症很重，都咳出血丝了。咳了有几个月了吧？"

李华回答："是的，三个月前就开始咳嗽。气候干燥的时候，反反复复一直咳。"

医生摇摇头说："你需要住院，赶快办理住院手续吧。单位就在对面，这么近，怎么不来看病？"

医生说得没有错，李华原先的工作单位就在医院的斜对面。医生不知道李华已不在单位上班，李华也不好解释，只是微微笑着说："是的，现在咳得受不了，才来看病，想彻底治好！"

医生说："你今后一定不要再吃辣的了。辛辣的食物一律戒掉，不然病情会反复，会得慢性支气管炎，那就更麻烦了，以后治疗都难，一定要爱惜自己啊！"

李华笑着连连说："好的，我戒，我真不敢再吃辣椒了！"

离开医生办公室，李华拿着病历去大厅办理入院手续。医疗费单位可以报百分之八十，李华只缴了入院费用。

在住院治疗期间，单位工会主席还代表单位领导特意来医院看望李华，带来了亲切的问候，并安慰李华："一定要好好治疗，内退和退休人员都是我们的员工，我们一视同仁。"这使李华放下了精神压力，从心里感激单位。

李华想起她的好友谢华也是单身女人，当年在市迎春晚会上认识。领导还开玩笑说："你们两个名字都带华，幸好不在一个单位，不然容易弄错，以后要经常互相往来哟！"

谢华的老公得癌症去世了。谢华长着一双大眼睛，梳一根长辫子，在当时算是很出众的一位女性。李华和谢华住得近，两人认识后经常见面，沿着湖畔散步聊天。有时相约清晨一起打羽毛球，有时相约周末下午在李华单位一起打乒乓球，有时相伴买菜，再各自回家。

李华想到这里，立马拿起手机给谢华打电话。得知李华生病住院后，谢华直截了当地问李华在医院几号病房，"等我半小时，我带些吃的给你，不要吃医院的饭了，我做一些带过来，等我！总算可以见面了，可没想到在医院见你。真是的，怪不得不陪我打球啊，跑了那么远，到了再说你。"

谢华跟李华的友情还真的没话说。谢华是一个非常爽快的人，现在女儿也长大了，去外地读大学，家里就她一个人，整天在露台里摆弄些花，她喜欢养花。李华曾经去过谢华的家，有时候也在谢华家吃饭。谢华的厨艺很好，谢华说过现在自己一个人也不想谈恋爱了，没事就经常琢磨着怎么做好吃的菜肴，反正得把自己的身体照顾好。

谢华走进病房，冲着李华笑了笑："你终于老实了，你只有生病的时候才乖。什么时候跑深圳去了，也不告诉我一声。要是我知道你在深圳，我就该答应我的同学，那个一直对我好的男同学，他一直劝我去深圳发展，让我去他公司工作。我刚办退休了，你说我这个年龄去深圳合适吗？你觉得深圳好吗？"

谢华一连串的问话，把李华逗笑了："我知道你来会说我的。说实话，深圳气候真好，如果有熟人在那里，你直接去就能上班那真是再好不过了。再说你那男同学也是单身，对你那么好，人家肯定是认真对你，你应该考虑一下了。你已经单身几年了，自从丈夫去世以后，就没有一个人照顾你。如果他真心对你好，我建议你还是去吧！"

谢华说："我现在还拿不定主意，一直在想我那房子怎么办？"

李华说："这好说，你跟深圳那边联系好，决定去了，就把这边的房子卖掉。现在房改房，个人享有百分之百的产权。"

李华把自己的想法对谢华和盘托出后，又把随身带的本子从包里拿出来，叫谢华记下房产中介的电话号码。李华也想把自己的房子卖掉，还想把父母的老房子也卖掉。当时李华听取三妹的建议，已经选好了一个绿化非常好的小区，准备买一所大房子。把这些想法说完，李华在谢华的面前打通了房产中介的电话："喂！我的美女小秦，你现在方便吗？"

小秦回答："方便，美女姐姐请说，有什么事情要我做？是要卖哪套房子吗？"

李华说："哈哈，你怎么知道我要卖房子？你是孙悟空钻到我的肚子里来了？"

中介小秦说："只要看到你的电话，我就知道一定有好事。卖房子再买房子是吧？你把你要卖掉的房子的小区、楼层、面积、想卖的价格告诉我。我帮你挂在网上，积极推荐！"

李华说："好的，我马上用手机把全部信息发给你。另外我还有一个朋友也要卖掉房子，我把你的手机号告诉了她，这位美女姐姐名叫谢华，你们后期直接联系。你一定也要帮她卖个好价，她是我很好的朋友。"

挂了电话，李华马上调皮地冲着谢华笑着说："把电话给抄上，卖房子的事就找这小秦，她人非常好。"

谢华开心地说："就这样三下两下地把房子卖掉了？真服了你。我这次没白来看你，没想到你把我的心病治好了，这么多年我都下不了决心，你让我下定决心了。这回就听你的，把这房子卖掉。你知道吗，我每次回到那个家，总想起我女儿她爸。所以还真的要换个环境，换个山头，重新开始。"

李华说："别跟我客气，这卖房子估计要花一个月左右的时间。该办的早点办，不要拖泥带水，我们的时间就是金钱！"

第二十章　写上父母名字的第一套房

七天的住院时间一晃而过，在这七天的时间里，谢华天天来陪李华，两个人有聊不尽的话题。谢华的房子只挂了五天就有客户相中了，这也不奇怪，房子的地段确实好，谢华从她家走到医院只要五分钟时间。谢华把房子有了买家的好消息告诉了李华，真心感谢李华帮自己解决了大问题。

李华的房子在网上也有人打听，而李华母亲那处八十多平方米的小房子，有人看中了。李华按当年行情挂价四万五千元，结果买家还价。买房的是一个年轻男孩子，准备结婚当新房用。

中介小秦跟李华说："李姐，我也想给你卖个好价，但是这个小伙子是诚心买房，他已经来我们这边两次了。我都不好意思跟你说，本来你的价格也不高，但他还要砍价，我都不知道该怎么谈了。现在把实际情况跟你讲，想听听你的想法。"

李华的妹妹给李华介绍了一套新房，付定金两万就能定下来，后期就可以签购房合同了。因为特殊关系，可以先交钥匙装修。想到这里，李华马上回电话说："小秦你跟他谈，我降价五千四万块钱成交，但是他要付定金两万，而且必须确保我在搬家之后延期五个月退房。合同一定要备注退房时间，退房当天补齐尾款两万元。如果他同意就签约，这是我最后底线，不能再让了。"

小秦欣喜地说："好的，我就按李姐的意思去谈，应该没问题。我也跟他说了，这套房的主人很好。这小伙子真是遇上贵人了。谢谢你理解，李姐你不发财都难！"

李华放下电话后，立即操办买大房子的事情，那可是将来父母亲的家。

出院后，三妹带着李华来到售楼部，房子已经看好了，李华直接交了定金两万，然后签合同。合同写上要在五个月内付清总款。签完合同在销售带领下李华拿钥匙开门验现房。

李华考虑到五个月后，自己的房子肯定也已经卖掉了，这样房款就有着落了，这事衔接得很漂亮，也不需要在把父母的房子卖掉后，急着找住的地方。李华想好了，拿到钥匙就可以请装修队进场。她跟装修队包工头谈好了，两个月时间装修完，放三个月透气除味，正好是五个月时间。

想到接下来的安排，李华觉得心里很充实。自己为父母亲做了一件大好事，也是当女儿的应尽的孝心，给辛苦了一辈子的父母晚年一个好的归宿。父母亲一辈子都在替孩子们着想，从来没有享受过生活，总是省吃俭用地补贴着孩子们的生活。如果孩子们没有回家，父母每餐就只吃两个素菜；可孩子们一回来，总有好鱼好肉好菜招待，让孩子们吃好吃饱。李华发现过几次，心里很难受。

从售楼部出来后，李华长长地舒了一口气。这是李华此行回老家要办的第一件大事。

李华准备再叮嘱一下中介小秦，尽早把自己的那套房子卖掉，因为李华希望新房上写父母的名字，这样就不能贷款，因此一定要赶在交房之前把房子卖掉，付清全部房款。

身为家中长女，李华希望带一个好头，为妹妹们做一个孝敬父母的好榜样。做这些事，李华没有跟妹妹们商量，只是跟父母谈了置换房子的设想，然后就开始实际操作。

李华对父母说："这件事你们放心，我一定把它办好。卖出去的房子已经收了定金，我用这些定金购置新房。合同已签，房产证上写你们的名字。你们可以先住原来的老房子，等新房子装修好以后敞开透气三个月，再由老妈选择一个吉日搬家就可以了。"

李华母亲担心地问："我和你爸这所房子真的已经卖掉了？人家买了房，会让我们住那么长时间？不会中途赶我们吧？"

父亲一听这话着急起来："卖掉了别人还让我们住几个月？哪有这么好的买主呀！"

李华说："人家也不是傻子，他同意我们住几个月，是因为我降了五千元房价。反过来这相当于租金，从我签合同当日算起，这后期的五个月就算是租了他的房子。不这样操作，我们还要临时找房子租住，搬一次家多麻烦！"

老妈又问："新房子只给定金两万，他们就把新房钥匙给你了？"

李华解释说："这是三妹夫的面子啊，他跟老板打了招呼，告诉他我购房的思路和计划。老板知道我有能力付清全款，便在开发商那里为我担保了。按照合同，若是买方失信违约，会双倍赔款。当然那种事肯定不会发生，我会积极地配合中介把房子卖掉。你们就别担心了，我知道该怎么操作。"

两位老人无话可说了，李华父亲只是叹息道："在老房子住了三十多年，你们姐妹都是从这里嫁出去的。这两室半一厅一卫的房子，我们一家六口人都住得蛮好的，也不觉得房子小。现在就剩下我们两个老家伙了，反而住进了新房子，大房子。我从未想过会有这么一天，老伴你说说看？"

李华母亲回答道："这还不是我们女儿的孝心！老伴，你别再认为没有生儿子就低人一等，断了这些封建想法吧。那些有儿子的家庭，有几个能帮父母亲买房子住？你看看我们单位，有几个儿子女儿给父母买房的？以后再别对女儿说什么'嫁出去的女儿，泼出去的水'，我们的孩子们都不错，都很孝敬我们！"

李华父亲说："女儿们都是好孩子，我知足，知足常乐啊！以后搬到大房子去了，那些老同事、老朋友，肯定会羡慕我们。这事我打算只跟老董和老吕讲。"

李华母亲说："是啊，你这两个好同事好朋友，都认识四十年了，是值得深交的好人。到时候搬了新家，请他们来家里坐坐，好好喝几杯酒。我亲自下厨，好好招待他们。"

第二十一章　报答父母恩

李华听到父母聊天，心里涌出许多感慨。小时候的日子虽然过得清贫，但是很快乐温暖，父母亲没有因为贫穷，而忽略对孩子们的教育。在李华的印象中，父母在对待每一个女儿的基础教育方面，都很开明，积极鼓励女儿们好好学习。只要女儿们想读书，父母一定送她们去最好的学校念书。

李华上中学的时候，学校经常搞学工学农活动，一个学期中几乎有一半时间在务工务农。学校定期安排学生去工厂、农场学习工人的勤劳肯干，学习农民伯伯种田割谷子。半学期的课程学习中，只简单学习部分语文、数学、物理、化学、政治、地理、体育这七门课。

李华父母总感觉孩子没有学到真正的文化知识，所以在李华上初二时，李华父亲托人把她从农场里接回来，第二天就送进当年最好的县一中。李华转学后没有多久，这所重点中学又陆续转来几个李华的初中同学。县一中分文科班，理科班。李华在文科班学习。

后来李华母亲鼓励二女儿："老二呀，你那年高考，考取了湖北艺术学校的绘画专业，因家里经济不宽裕，没有让你上大学。你像你大姐一样太懂事了，因为这个家，你才当了临时工。现在厂里职工子女又有两个报考名额，只要考得上中专技工学校读书，我和你老爸就支持你去。别当这个临时工了，看你的一双手冻得像肉包子一样，又红又肿，还裂开了口子。孩子啊，乖，听话，考出去学习两年，然后当个老师，比现在这份工作更适合你！"

二妹听进了父母的话，认真复习，考取了技工中专学校。二妹完成学业后荣幸地留校当了一名中专老师。

时隔一年，李华母亲又鼓励三女儿去当幼师。三女儿能歌善舞，特别适合当幼师。当幼师必须要有上岗证。三女儿利用业余时间复习幼师专业的考试内容，终于在参加工作的第二年考到幼师资格证书。

李华父母把小女儿培养得同样优秀，小女儿在高中时获得全国数学竞赛第二名，直接被保送到中国科技大学读书，国家负担一切学习费用。小女儿毕业后分配到省城银行工作，一干就是八年。小女儿边工作边学习，最后通过自学，又考取了英国剑桥大学，留学两年，获得精算师学位。

李华认为，她们姐妹几个如今在工作和生活上都很不错，这跟父母的关爱和细心栽培是分不开的。现在女儿们都长大了，每个人都成家立业，过上了自己的好日子。

在李华遭遇两次婚姻不顺的打击时，家人也总是在精神上给予她安慰，尽自己所能帮助他，让她可以专心工作。李华对双亲感到愧疚，他们永远在为自己操心。

这段时间，李华四处奔走忙碌，处理卖房事宜，还处理房子装修的事情。终于在第三个月将两套房子的尾款、全款处理到位，随时可以办理退房手续。

李华父母定了于 16 号搬家，这是一个值得纪念的好日子，李华终于让父母亲拥有了一套写有他们名字的大房子。

这确实是一套大房子，复式结构，每层一百六十平方米，共六室三卫。这房子足够住下整个大家庭。

这套房子虽然是李华个人出钱买给父母的，但是妹妹们每人都出了两万元装修款，同时也都给父母添置了新家具。除了父母舍不得扔的老古董五屉柜，穿衣镜，加上那个老祖宗留下的摆件挂钟外，其余的家具和电器，都是妹妹们买的：二妹买冰箱，三妹买电视机，小妹买洗衣机和大理石餐桌。室内的小摆设和生活品，也都是几个妹妹们买的。

在李华的影响下，二妹在昆山买了一套小户型的现房。

三妹在第二年与李华一起买下两处小门面，两套门面房都是以租养贷。

小妹在北京买了一栋别墅，邀请全家老小到北京一聚。在这里，大家度过了一个有意义的阳春三月天。从那之后，一家人常常在天气暖和的三月份去北京跟小妹团聚，全部费用都由小妹承担。

小妹这样说："大姐买的房子肯定是块风水宝地，自从搬进去之后，老妈老爸开心多了，沾光借福，我的事业也很顺利。这次请家人都来，是想让亲人们给我增添人气，房子就是要热热闹闹的。"

此时的父母看到一家人和和美美，打心底里感到欣慰，欣慰孩子们都长大了，欣慰女儿们都成才了，都过上了美好生活。

小女儿第一个发现了母亲脸上的泪水，伸手去擦。小女儿说："老妈别哭了，您和老爸应该高兴啊，咱们好日子还在后头呢！"

李华接过话："老妈是高兴得哭了！"

父亲开口了："你妈是高兴啊，总算可以不用为你们操心了！"

二女儿笑眯眯地劝着母亲："你们看看，我们老妈换了这个新发型像不像大学教授呀？"

母亲被老伴和女儿们逗笑了，她欣慰地说："孩子们好，工作顺利，是我这个当妈的最幸福的事情。"

父亲补充道："你妈一直说，我们家的女儿个个都顶得上几个儿子，甚至比儿子还强！上个月我们的老同事，你们的董伯伯和吕伯伯都说，你们比他们的儿子强百倍，他们的儿子还在啃老，我们的女儿们却给我们养老，多幸福哟！"

第二十二章　为女儿买了学区房

房子装修进入尾声，安装门窗的吴老板与李华结算门窗安装改造款。吴老板为了说明他公司的业务做得大，他告诉李华他们公司已多次接过省城大开发商的工程，明天就要去省城找大开发商结一笔工程款。那是家乡最大的开发商，在省城投资的房产项目正在预售，有小户型现房。

李华听到这个消息非常兴奋，她恨不得马上就跟吴老板去一趟省城，于是开口问他："吴老板你明天去省城，方便带我去看看省城开发的房子吗？"

吴老板毫不犹豫地说："当然方便，我一个人开车也是去，多带一个人而已，明天早上七点出发，争取在九点售楼部开门的时间到达。我去财务部结账，你在售楼部看房选房，最好让工作人员带你去看看样板房。"

吴老板看李华人脉广，心眼好，对父母又孝顺，也愿意攀上业务关系。吴老板很高兴地说着几年来在省城与开发商投资合作的几个大项目，分布在不同区域，且都是好地方，交通方便。李华默默听着，没有打断吴老板的讲话，心里却有了进入省城发展的念头。

李华这一天有很多想法冒了出来，她想要抓住时机，购买合适的房型。在李华看来，要想创业，就必须先安居，买房是自己在省城创业的敲门砖。

这个时候，李华又考虑到女儿的学业，女儿会在未来的两年考进省城念大学，那么最好为女儿提供省城的学区房。这样自己既可以照顾父母，又可以为女儿提供方便和照顾，还可以方便女儿毕业后找工作，落户省城，这样在就业分配上就有了好的基础。

第二天清晨，李华早早醒来。已是八月，早上的空气非常清爽。小城的微风让李华感觉到非常舒服。也许是目标已定，她感觉很轻松。

李华知道，既然内退再创业，就没有退路，必须积极干出一番事业。甚至得做好思想准备，寻找第二职业，第三职业。只要不超出能力范围，她都愿意以小博大。执行力强，行动快，是李华的特质。前期在深圳、广州等城市的考察中，李华已经掌握了房产价格的实际情况。此行到省城买房，李华已经做好充分的准备。

吴老板的黑色丰田轿车，慢慢停靠在小区门口，吴老板按下车窗对着早已在门口等待的李华说："请上来吧，你还挺准时的，一看你就是很有主见的女人，做事情靠谱，还很爽快。看来没有你办不成的事情，将来发达了别忘了照顾我啊！"

李华说："吴老板夸的这话我爱听，起码我是想认认真真地做成这事。也谢谢你今天顺便带上我，也许今天我会定一套最小户型。"

吴老板说："我跟你说，这个项目真的很好，还有其他两个开发项目，今天如果有空都可以带你去看一看，你可以比较一下。我个人觉得这个项目比较适合你，有你想要的小户型，而且投资不大，总价十万多一点就可以拿下，平均每平方米2030元。"

李华说："是啊，目前省城这房子的单价确实比北京、上海、广州低，与苏州等地价格持平。比较一下，是值得购置的。"

李华和吴老板边聊边向省城开进，一路上聊得很愉快，双方交换了有关房地产各方面的信息，聊到了房产未来走势。李华对向省城进军，心里更有谱了，心想这次一定要把握机会。

一个多小时就到了目的地，售楼部还没开门。吴老板说："我们先在附近吃早餐吧，这省城的早餐非常丰富，物美价廉。你看喜欢吃什么，今天我请你！"

吴老板把车停好，两人走进售楼部对面的一条巷子。真是不看不知道，看了吓一跳。看着不起眼的地方，竟有这么多摊位和小吃店。花样真多，李华都看不过来了。有她喜欢吃的牛肉粉、汤包、油条、面窝、米酒汤圆、葱花卷、小米粥、红枣粥、排骨莲藕汤……真是看花了眼，不知道吃哪一个才好。最后，李华选择来一碗牛肉米粉加一根油条。

这时候李华更坚定要在这里买房，她觉得这里的生活太便利了，住在这附近感觉很舒服。李华很感激能搭上顺风车，于是悄悄地把早餐的单买了。她感觉自己买单才能多吃一点花样，不然不好意思再点其他的。李华又点了一小盘糯米饺，点了一个面窝和韭菜盒子。李华嘴馋，每样都想尝一点，准备吃不完就打包。

吴老板吃完准备买单，没有想到李华已将单买了。吴老板说："刚刚说好了我请客，怎么你已经付了？那好吧，谢谢你。好吃吧，这地方来对了吧？"

李华说："太好吃了，真没想到这里这么方便。这时间售楼部应该开门了，我们出发吧。"

吴老板说："是啊，走几分钟就到了，你一定是第一位客人。售楼部的工作人员我都认识，他们会耐心介绍适合的房型给你，我让他们给你优惠。"

李华说："谢谢吴老板！"李华此时最需要的就是节省成本，哪怕少一个点，都是对她最实惠的帮助。

在最近的接触中，在吴老板印象中，李华是一位守诚信讲话算数的女人，并且知恩图报，值得帮忙和交往。吴老板想到这里走进售楼大厅，对售楼部负责人小秦说："我给你带来新客人了，是我老家的朋友，请你把最大的优惠价给到她。她喜欢这个地段，请你帮忙介绍介绍。"吴老板对售楼部负责人说完好话，又转身跟李华打了个招呼，就直奔财务部去了。

李华在小秦耐心热情的推荐下，去现场看了现房，全面了解之后当即回到售楼部签下了购买合同。这一下笔房子就定下来了，首付二成三万元，余下的走商业贷款，等银行贷款批准了，就可以交房装修了。李华又有事要干了。

吴老板从财务部走出来的时候，看到李华这边已签了合同，便在工作人员面前竖起大拇指赞赏道："佩服，太佩服了，第一次来看房，不到仨小时就签订了合同。以你的做事风格，今后一定会有很好的发展，你完成了，进省城创业的第一步，以后若还有选房看房的需要，保持联系。"

李华也情不自禁地感慨：终于有自己的一个小窝了，也许将来会在这座城市有自己的发展领域，把自己的生活经营好，也把父母接来和自己同住。

　　无形的动力和精神意念推动着李华前进，遇到再大的困难，她也从不叫苦，不对亲人诉说，对亲人只报喜不报忧。李华乐观的人生态度，也感染着周围的单身女友们。那段时间，李华接触的朋友几乎都是单身的事业型女强人。李华鼓励自己以她们为榜样，与智者为伍，与勤奋者相随，以成功者为师！相信总有一天经过努力，自己也会在成功的路上，成为榜样中的一员！

第二十三章　为女儿买房落户

李华买的是三十八平方米的小户型的学区房，位于武汉市武昌区，周边环境很好。当年的开盘价格比深圳、广州、北京的价格要低得多。这里交通非常方便，从大学到小区只需要坐五六站公交车。

为了省钱李华只请了一个装修工，花了七千元简单装修。

装修完的那天，李华满心欢喜地把亲人带到自己的房子参观。住所很温馨，进门的正大厅设有开放式厨房，左手边是卫生间及洗澡区域，右边是一间主卧室，阳台放洗衣机，阳台和大厅中间隔着一道推拉玻璃门。卧室里充分利用边角空间，做了衣柜。卧室里放一张大床，足够李华和女儿一起睡下。

从那以后，李华感觉浑身是劲，为家人她必须拼搏，好好工作努力挣钱，让家人过上幸福的日子。

日子过得真快，李华女儿已在省城度过了三年。在大学的第四个年头里，李华女儿需要找一个单位实习，获取实践学分。为了让女儿得到更好的实习工作，也为了能使女儿在省城落户，李华想以女儿的名义购买一处面积大一点的房子。当时政府对购房落户出台了新政策：房款达到五十万元以上，面积为一百平方米，才有资格落户。

这事必须在 2006 年定下来，女儿就要大学毕业，李华不想错过这次购买房子的机会。

李华看中了武昌区的学区房，周边交通发达，几分钟就能通过武汉大桥直到汉阳。小区门前的公交车站有十几路班车，可直达中南商业大厦、东湖楚河汉街，乘船可直达汉正街。且周边有配套的医院、幼儿园、菜市场等。在这里生活，女儿会很方便。如果女儿将来在这边落户成为省城居民中的一员，就业应该就没有问题了。

想到这些，李华干劲十足，一点不知疲倦，任劳任怨地做着各种烦琐的事情。李华的全部心思都在为女儿考虑，没有想过自己。

为了买新房，李华要筹集购房首付款。第一念头，就是把自己名下这套已住了三年的房子卖掉，这是最好的解决资金的办法。这房子的价格已经涨了两倍。

李华委托中介公司出售自己名下的这套小户型房子。当年买的时候总价是十万八千元，住了三年，涨到了十八万元。李华心里虽然舍不得，但这是以小博大的第一步。为了顺利出售，李华最后让利两万元，以十六万元的价格挂在网上。

李华最终在一所小学附近选中了一套能落户的房子，总价超过了五十万，面积是一百零二平方米。李华以女儿的名义购买，并交了定金，交齐首付的两个月后就可以交房装修。

第二十四章　李华萌发创业想法

　　时间就是金钱，只有小户型房子出售的资金到手，后面购房的手续才能顺理成章，因为新房那边目前只是下了定金，还没有付首付款。虽然找到了熟人将交首付款的时间协调到一个月后，但是一旦超时，定金不退，房号也不会保留。这是一步险棋，但是李华没有别的办法，她从来不想向朋友们借钱，也不想给亲人添麻烦，她宁愿在出售的房子的总价上让步。目标清晰后，李华显得很淡定。

　　卖房信息挂到网上不久，中介小陈通知李华要带客户来看房。李华积极准备，希望顺利做成这笔买卖。武汉被称为火炉，夏天让人感到闷热烦躁。李华希望买主对房子留下美好的第一印象，特意将一束鲜花布置在客厅最显眼的地方。李华平日里舍不得开空调，但是这天她将空调调到适宜的温度。房间做了一次彻底的大扫除，屋子里播放着轻缓的音乐，整个房间给人温馨浪漫的感觉。

　　一切准备就绪，门外刚好响起敲门声，"李姐，我们来了"。小陈亲切地在门外叫着李华。李华打开房门，侧身站在一旁，把宽敞明亮的客厅显示出来，并给客人一一递上一次性鞋套。

　　中介小陈愉快地说："李姐的房子真漂亮，像新房。如果买下，根本不用重新装修了。"

李华说："房子虽然小，但配套齐全。"

买主是一对年轻人，刚进来就满心欢喜。电器、家具、摆饰，无不显示着主人较高的文化品位，女买主问："这都是李姐布置的吗?"

李华说："是的，我喜欢设计房子，每一件用品都是我精心挑选的。"

李华对买主有问必答，聊天过程很愉悦。最后这对年轻的小两口说："那我们今天去中介签约吧，我们也没有时间再看其他的房子了。跟李姐有缘，咱们就按网上的价格成交吧。李姐，我们一次性拿不出这么多，但是可以先付你十万元整，另外六万是商贷，银行批下来很快的。"

小陈说："好说好说，咱们到中介所坐下来谈。你们能买到不用装修的房子，就是赚了。"

李华抑制着自己的喜悦，礼貌地说："这是缘分，我也希望买到房子的朋友和我一样喜欢它!"

这对年轻人不约而同地说："很喜欢这里，我们想待下来不走了。这音乐光碟也给我们留下哈!"

李华微笑着说："我也很喜欢这音乐，这是在音乐之家小店淘到的。好吧，就送给你们了!"

小陈带着看房的两人有说有笑地走向中介所，当天就成交了。

第二天李华拿着出售小房的十万元来到售楼部交齐了首付。这是李华最满意的一次房屋买卖，解决了女儿落户的问题，也为女儿在省城工作打好了基础。这件事也打开了李华女儿投资理财的大门，让她从小就知道经济独立的重要性。

买了这所房子之后，李华开始创业，几年来身兼数职，全年无休地拼命赚钱。李华做一行专一行，在短短三年中投资就见到了成效，突破了百万元，还清了女儿这套房子的所有贷款。并将剩下的钱又投入第二套，第三套房产。

这些年来，在夜深人静之际，李华常常会想起自己第一次创业的情景。给女儿买了学区房后，李华想着要做些事情赚钱，缓解房贷的压力。李华最初的想法是开一家茶舍，一家一百平方米左右带点小资气息，具有艺术风格的小茶舍。每年三月李华都要陪父母去北京与妹妹团聚，因此顺便考察了北京的茶楼、茶舍、茶馆、书吧、咖啡馆等市场模式。

三月的北京洋溢着早春的气息。沿途大厦使李华惊叹于祖国日新月异的变化和发展。李华陪同父母在妹妹的安排下观光旅游，北京的著名景点和一些主要的城市地标建筑都有游览。一到傍晚李华就出门逛街考察，了解北京的一些书吧、咖啡馆之类的具有小资格调的场所，也考察了一些风格古朴的小茶馆。那段时间李华在北京共考察了几十家小茶楼。

后来李华也将自己的想法告诉了家人，让他们给点建议。大家谈到资金投入，预算，以及开店后的管理运作模式等。家人将问题摆在李华的面前：资金及精力的投入太大；后期的管理方案不成熟。这些问题逼着李华不得不打消了开茶馆的计划。

小妹对李华说："大姐你想想，你创业挣钱是为了还房贷。如果你的创业达不到这个目的，不仅失去意义，耽误你的时间，还会给你增添更大的经济负担！"

李华听着沉默了一会儿问道："那你有什么好的建议，你觉得我适合做什么事情？"

二妹应声道："姐，你不是很喜欢我们老家黄冈沙街的那家女性品牌折扣店的服装吗？每次买一大堆，你的女友和同学也都喜欢。你又和那家店的老板熟悉，还不如也开家服装品牌折扣店。我觉得肯定行，你熟悉这行业，投资成本又低。"

李华心中一亮，以前在老家的时候，自己经常光顾那家女装品牌折扣店。听说服装店女老板的朋友在北京专门发货，她已经开了三家品牌折扣店，生意都很火，进店的女人几乎没有空手出来的。

三妹也说："对呀，大姐最爱买，周边朋友们也都喜欢。每次去逛，总是满载而归，你要是加盟开了这家服装店，不愁货卖不出去。这个事情比开茶楼和咖啡馆简单！"

李华经妹妹们点拨，脑海里浮现出服装店老板小洪在店里忙碌的样子，那些衣服在零售价的基础上打两折，顾客们买起来一点也不心疼手软。李华自己也体验过购买这些衣服时的兴奋冲动，开服装店的这个建议是目前最靠谱的，照着做应该没有问题。

想到这里，李华马上说："我有办法了，我先打电话给这个品牌折扣店的老板娘小洪，跟她谈加盟店的事情。"

第二十五章　先谋生存，再求梦想

李华是急性子，做事果断，想法确定后就要马上落实。李华信心满满地拨打了老板娘小洪的电话，了解到小洪正好在北京。

小洪正在北京进货，一听说李华在北京，立马要见一面，当面谈。小洪说："我来接你，你到公司亲自考察几天，跟我一起住公司这边。我有一间公寓用来发货，现在基本在这里定居。你在北京几环路上？"

这小洪老板也是个能干事的人，听到李华在逛王府井的秀水街，便让李华在秀水街的咖啡店等她。

电话里小洪老板还这样说："明天我要去公司挑货，你陪我走一趟就知道怎样进货了。我顺便把公司的流程给你介绍一下，如果你加盟我的公司，我也不收你加盟费，但是我在你的批发费用上加两个点行吗？好处是你不需要长驻北京进货，你只要把好卖的款式，客户需要的款式、样式说给我听，我综合市场情况给你发货。每件衣服我就按成本价上提两个点，其他的都是你的利润。你回老家找一个适合开店的地方，就可以简单装修开张，这样合作行吗？我不会让你吃亏的。我们认识好多年了，你给我们店铺带来了很多顾客，这样的好客人我会以朋友相待。我们的加盟店真的很赚钱，相信你在湖北省城能做起来。"

有小洪的具体指导帮助，李华少走了很多弯路。

加盟服装店的想法比较成熟，投资小，几万块钱就可以立马开店获取收益。李华还是想着等服装店运行稳定后，再来实现自己开办茶舍的梦想。李华懂得先要有米，才能下锅做饭；有了经济基础，才能实现自己的梦想。听过服装店老板小洪的一番话，性格爽快的李华二话没说就答应下来："我在咖啡店等你。你快到了就给我打个电话，我出来。"

大概过了一个小时，小洪打来电话："可以出来了，我就在咖啡店旁边的十字路口。路边打闪灯的红色小轿车就是我的。你注意安全，快过来，我在车里等你，这里不能久停。"

李华叮嘱妹妹们先回小妹家，自己这两天去考察服装公司。李华很快找到小洪的车，上车后小洪与李华分外兴奋，她们都说起家乡话，聊起来很畅快。真没想到家乡的老友能在北京这大都市相逢，并且谈起生意，成为盟友。

小洪边开车边笑着说："说干就干，真佩服你的闯劲。"

李华也开心地说："那是肯定的，我觉得跟着你开服装店，肯定能做起来。因为我了解你，我也喜欢你们家的服装款式，价格也适中。而且我和你一样的性格，为人随和，我觉得我一定能做起来。我就先不去折腾开什么茶楼了，安心向你学习。等挣了大钱，再去开茶楼。"

小洪应声说："到时候我也去你那休息休息，蹭杯茶喝。下午我就带你去公司看，带你选货，看看要达到多少量。"

李华高兴地说："说不定今天看了就想飞回去，早点干起来！"

两人聊了一路，李华兴奋地看着车窗外的北京，车水马龙，人来人往。车子驶过高楼大厦，向五环中路驶去。小洪开车很快，没过多久就到了公司附近。服装公司在北京的五环九峰。

李华问："服装批发市场怎么选在这么偏的地方？"

小洪回答说："这还偏吗？北京六环的房子都卖得很贵了！你要是想来这里发展也不是不可以，但是在这里可不比在湖北舒服。小城市没有压力也能挣到钱。在北京处处都需要用钱，太拼了。"

李华说："你觉得我会挣到这第一桶创业基金吗？"

小洪立刻回复："你一定行，冲着你这果敢的性格，我有信心你一定能成功。等到了公司，就能看到服装款式以及进货的流程，当你看到价格和质量时，你一定会决定回省城开这家品牌服装的折扣店的。"

第二十六章
开一家有特色的品牌服装折扣店

李华随小洪在公司选择服装，果然被服装的价格所震撼了。满地堆积着服装，都是分类打包堆放，由进货商自己挑选。有人蹲着，有人站着，有人像看花眼一样，不知从哪里下手。

李华兴奋地对小洪说："谢谢你把我带到总公司来，我信任你，从现在开始，我也不犹豫了，今天就跟着你一起进货。"

小洪高兴地说："好的，我今天就开始帮你选货。我知道你会果断同意做这一行，只要我带过来的老家的人，没有一个不动心的。希望你在湖北省城好好打开局面，我全力配合你选货发货，你回老家只管选店址，简单装修，开店销售。"

李华不停点头。看着满地的服装，和进货商们忙碌的样子，李华好似看到了未来她的服装店，客户满堂进进出出的情景。

李华风尘仆仆地提前回到湖北省城，看好了品牌服装折扣店的地址。选址就在女儿新小区邻近的街上，这里人流量非常大。这条街是通往菜市场的必经之路，清早及下班期间，总会有行人路过。街道右边是一排早点摊位、理发店、小餐馆。走到丁字路口就是重点实验小学和一知名艺术学校，再向前走就是一座省城有名的医院。

总而言之，选择这个地址开服装店真是太适合不过了，有稳定的小区居民人流量，也有艺术学院的老师和学生，还有探望病人顺路逛街的人们。想到这里，李华干劲十足，找到两家想要转让门面的老板谈。有一家店没有装修，房东一定要预交半年的房租，租金每个月三千元，半年一万八千元，没有还价的余地，因为这里地理位置太好。隔壁那家转让的首饰店，装修豪华从而转让费过高，超过了李华的预算投资成本。没有办法，李华只有放弃这处装修好的店面。

李华说干就干，很快跟房东签下合同，并向房东争取赠送半个月的装修时间。房东刘老板看到李华有诚意租店，而且个性豪爽说一不二，他喜欢跟这样的租户打交道，便同意赠送半个月时间给李华装修。

李华看着这个门面，打心眼里满意，果断签了租房合同，之后便开始了紧张有序的设计布置。为了节省投资成本，李华只请了一个木工师傅将废弃的木头桩子锯成片，将自己手写的三个大字"莲湖缘"钉在门面正上方。这不仅节约了广告牌费五千元，而且效果特别，在整条街的广告牌中别具一格。

李华在北京考察茶楼时拍了一些不同装饰风格的门牌照片，服装店的门面设计就参考了这些风格：醒目、艺术、自然、怀旧、古朴、时尚。一下子吸引了过路女性的眼球，装修特色正好又符合艺术学院老师和学生们的审美。

这是一次成功的选址，装修设计又得益于在北京考察时所做的功课。李华感慨世上真没有白走的路，付出的努力和进行的思索，总能带来意想不到的收获！

　　服装店装修正在紧张而有秩序地进行着，同时李华也与小洪老板沟通，让小洪老板在半个月时间内准备好服装店开张所需的服装并保证货源充足。在门店装修上面，李华还在色彩、音乐、灯光、镜子方面做文章，让只有六十平方米左右的铺面，看起来非常敞亮。

　　店铺装修细节李华都想到了，到底是搞过装修的人，也幸好李华喜欢自己装修、设计，所以并没有觉得有多累。

　　"莲湖缘"服装店如期开张了，李华既是老板又是服务员，一抹带十杂，什么事都干。她慢慢学习，在观察中摸索客人的喜好。通过两个月的运营，慢慢地累积了一些居民客户，逐渐又有了艺术学院的老师和学生来购买。因为价格实惠，很容易就让顾客动心购买。李华的服装生意就这样步入正轨了，生意一天天好起来，回头客也多了起来。

　　有一天晚上，快要关门的时候，李华店里走进一个中年妇女，神情看着很疲惫的样子，不像是要买衣服。她手上已经拎了很多东西，进店后这里瞧瞧那里望望。李华还是热心地叫妇人放下东西，慢慢看看有没有喜欢的衣服。这句话妇人听进去了，她把东西放在角落，对李华说："我可以借用下洗手间吗？"

　　妇人的神情有点焦急，李华连忙指向洗手间的位置："可以，向里走左边就是！"妇人感激地点点头，向里面快步走去。李华猜想妇人进来只是想借用下卫生间，并无购物的想法，扫了一眼客人放在角落里的东西，感觉是鞋子和服装。

　　妇人从卫生间走出来，指着衣架上的一件服装说："能取下来摸摸布料手感吗？"

李华边取边说："可以，你慢慢看看有没有喜欢的，我都给你取下来。因为是品牌折扣店，老款居多，跟刚上季的新款比便宜得多。晚上客人少，你可以慢慢选。"

妇人眼睛一下子亮了起来，转了一圈，转过头来对李华说："老板有水喝吗？"

李华迅速地将一次性杯子装满水递到妇人手上说："坐在这沙发上慢点喝，喝完了还有。坐下来歇歇。"

妇人真的坐下来，边喝边跟李华聊。李华将茶几上盛放瓜子和糖果的水果盘移到妇人面前："你还没吃晚饭吧，先垫垫肚子。这苹果和橘子很甜的，吃点吧！"

妇人拿起水果笑着说："我都没有买衣服，你还给我水喝又给水果吃。你这老板脾气真好，这么有亲和力，我感觉怎么你一点不像老板呢？你真是老板吗？"

李华大声笑了起来："美女姐姐呀，我一个人闷得慌，有你陪我说话，我就很开心。人家说了客户是上帝，一看你就是一个有范的主！买不买都没有关系，咱们有缘，以后随时来坐坐！"

妇人说："我是看见你店铺的招牌有特色，走进来看看。没有想到你人这么有耐心，服装还实惠，最主要是我喜欢的风格。我今天已买了这么多东西了，可是还想在你店里再买几件，但又怕冲动消费。"

李华说："没有关系，今晚你看中的衣服，一个礼拜之内都可以随时来退换！"

妇人听后毫不犹豫地买了七件，又挑选了三样饰品，那件挂着的冬季才穿的大衣，也被这妇人买走了！妇人很开心地离店。

　　李华关店的时间晚了，平日九点关门，今天却是十点。李华看看时间，一边摇头一边默默笑着。李华的生意兴隆是有道理的，她的店最后成了那条街上女老板们的聚餐点，聊天拉家常的小茶舍，甚至有些小区邻居，也成了李华的朋友！

第二十七章　待客之道

人们常说同行是竞争对手，可是李华却打破了这个说法，跟同行做起了朋友。

"莲湖缘"服装店隔壁是一家玉石饰品店，老板名叫小林。相比之下，小林的店生意冷清，几乎没有人光顾。后来小林与李华熟悉了，就经常到李华店里坐着聊天。

有一天两人正边吃瓜子边聊天，旁边运动休闲服装店的女老板欣儿笑眯眯地走了进来："你生意真好，总看到你家客人多，我想来看看取取经。"

李华边起身边说："快来坐坐，吃点瓜子。主要是我的服装便宜，一个便宜十个爱嘛。我看你家店也有很多学生进去买。"

小林插话说："我也想跟你学着卖些服装，所以过来坐坐。"

一条街上的三个女老板就这样亲密地聊了起来。

有客人进来指着墙上挂着的碎花连衣裙说："这件连衣裙是你电脑显示的那款吗？"

李华说："对，就只进了这一件！"

小林老板接话说："如果是我穿的码，我就买走了！"

欣儿老板说："你店里的衣服怎么这么实惠，是哪儿进的货呀？"

李华知道两位老板是有意帮自己搭话，促使生意成交。

客人穿着很时尚，看样子是艺术学院学生，她问三人："你们哪个是这店的老板呀？"

李华说："我是。"小林和欣儿同时指着李华异口同声地说："她是！"客人和三个老板不约而同地笑了起来。

李华抓起茶几上的一把瓜子递给年轻的女客人说："边吃边看。说心里话你真有眼光，这件连衣裙是我最喜欢的样式。这红色的大花朵，有范的美女才能穿出那个韵味。你大气时尚，穿上一定迷死人。不信的话，我取下来，你试穿给我们看看！"

一席话让年轻客人决定试穿，站在镜子之前的客人果真跟之前判若两人。"像明星，妖媚又性感！"欣儿称赞道。小林也附和着说："穿在身上效果真好。再配上一串项链，在胸前吊着，更是勾人啊！这连衣裙还可以帮我进一件吗？"

李华说："总部没有货了，这是断码处理才有这个价格。"

年轻客人边拉上帘子边对李华说："老板，这件我要了！我脱下来，给我包好！"

欣儿佩服地冲李华笑笑，赞叹道："老板实在，难怪生意好！"

这期间又走进来三个年轻女孩子，小林和欣儿同时起身帮着李华招呼着客人，李华没有想到，自己竟同一条街上的老板们成了朋友！

一晃神晚饭时间到了，李华打了订餐的电话，让饭店将餐送到"莲湖缘"服装店。二十分钟后，饭菜送到了李华店里，李华招呼说："小林、欣儿一起吃，这家餐馆做的是湘菜，尝尝，好吃！"

欣儿和小林同时说："哇塞！还管我们晚饭，以后没事就来你店里蹭饭吃！"

李华说："快趁热吃，正好现在客人少。今天谢谢你们俩了，帮我做成了几单生意！"

小林说："举手之劳！"

欣儿说："别客气了，生意就是要人捧场，再说你店里的服装确实划算。"

李华笑着说："我们以水代酒，开喝开吃了，改天我们一起去K歌！"

三个女老板吃着湘菜，不停地说："辣，辣得真过瘾，太地道了。"

小林看着李华已泛红的脸，看着欣儿脑门上冒出的汗，笑得呛到了，还不忘抢着说："看来以后，我们这条街的生意都会被带活起来，为生意兴隆干怀！"

2008年五月份的一天，李华像以往一样七点多醒来，开始起床整理店里二楼存放的冬季服装库存。这是小洪老板建议销售的一批红色老款大衣。小洪说只有大批量进货才能享受最低折扣。李华听了小洪的建议，先进了四十件，这也帮小洪完成了一部分分销任务。零售价可以自己根据市场需求来决定。

李华不想把冬季的衣服积压几个季节再卖出去，于是给QQ好友发了信息，也给一些爱打扮的女同学打了电话，招呼她们来店看看，选择一些适合自己的服装。看中就按进价加点运费卖，不挣钱只保本销售，以期尽早吐货减少积压成本，顺便帮小洪多分销点库存。

消息一发出，第一个回电话的是旧同事丽丽。在老家，丽丽就住在李华父母家隔壁小区，之前在工商银行工作，现在也办理了内退手续，正闲着没事干，听说李华在省城开了一家服装店，在好奇心的驱使下，想来看看。

丽丽跟李华在十八岁时就在一个厂里工作。那个时候丽丽的爸爸是黄冈区的干部，丽丽还有一个哥哥，一个妹妹。在她家丽丽最得宠。

那时候李华是厂里的运动健将，丽丽常常在球场边看李华打羽毛球。最初只是看着李华运动的身影，后来忍不住也下场练习，一来二去两人就熟悉了。李华很自律，每天下班都会到球场训练。

丽丽就是被李华这股干劲吸引，两人成为了无话不谈的好朋友。再后来，丽丽还为李华介绍男朋友。李华常常笑称，当年丽丽介绍给自己的男生是有名无实的初恋对象。

从接到丽丽的电话后，李华常有意无意地想到青年时代的趣事。时光过得真快，一晃眼都好些年了，李华盼着丽丽早点来到店里。

想到这里，李华拨通丽丽的电话说："丽丽你来吧，住在我店里，我好好陪你两天，让你听听我这几年越来越好的经历，保证你开心！"

电话那头的丽丽笑得像花儿一样甜美："连住处都替我安排好了！我一定会去！对了，前天同学们聚会，我把你的手机号码给你初恋情人郭奇志了。我等会儿把他的手机号码也发给你，你一定要保存并和他联系哟。忘记告诉你，他现在也是单身，还是我们这儿税务局副局长呢，人家也在进步。到时候当面说给你听！哈哈，你们俩应该可以续前缘了吧?"

李华笑着说："你真是喜欢当媒婆，还提这些笑话我的事，等你来了再谈这些事！我现在只一门心思挣钱养家，哪有你命好，天生就是做官太太的命，你来了就知道我有多忙了！"

第二十八章　好友来捧场

丽丽是一个随性洒脱的女人，第二天就来到了"莲湖缘"店里。进店的时候正是李华生意的高峰时段，李华刚接待完一个客人，正在收银台收钱。李华抬头看到笑眯眯的丽丽手上拿着一件正在促销的大衣，"这件衣服我要了，这么便宜你不会是亏本清仓吧！"

李华赶紧走出吧台："是你穿的码吗？穿着让我看看！"

丽丽说："我试穿了，很合身，买下来就当给你捧场。店开张时也不告诉我，不然会给你包个红包！"

李华凑近丽丽的耳朵小声说："给你包好，送给你，你别跟我扯了，让客人看到不好！"

丽丽欲言又止，只能示意李华替自己包上衣服，随后来到沙发前坐下来，慢慢环顾店里。丽丽怎么也没有想到李华会成为商人，李华从事业单位退出走入商海，从保险行业又转型为个体户，这几年肯定吃了不少苦，也一定见过很多世面。丽丽的眼神里充满羡慕和佩服。

李华接待完最后一个客人，拿起一张湘菜馆的宣传单说："想吃什么就点什么，我们今天就在这里吃晚餐。等关门了，我带你到首义广场走走，在夜市吃点夜宵，这里的小吃街很不错！"

丽丽说："给你郭奇志的手机号码，装好！先把正事办了，你不忙的时候联系他！"

李华说："再说吧，你都看到了，我哪有空？还是挣钱重要！我明天叫女儿帮我看一天店，我陪你去看一个新楼盘。今晚你就委屈一晚上，跟我一起睡在店里楼上，这里比不上你家豪宅，哈哈！"

说完，丽丽随李华上楼参观。楼上左边摆着一张一米二宽的床，右边是一张大床，楼梯口正上方是服装展示柜，楼上还有一间储物间，放满了进货服装。房间不大，但是干净整洁。丽丽看到床头上系着一根绳子，就问："这是什么意思呀？"

李华笑得合不拢嘴："我平常一个人睡觉的时候害怕呀！害怕强盗和火灾，万一有什么灾难发生，前面不好逃，我可以捆住绳子从后窗逃出去。有了预防措施就不慌不怕了。"

丽丽听到李华这样说，顿时觉得李华真的不容易，便关切地问："你为什么不再谈恋爱结婚呢？有一个爱你的人关心照顾你多好，你的退休金应该够你基本生活消费吧，为什么非要把自己搞得这么忙？"

李华说："你明天跟我一起去看看新楼盘，就知道我为什么要做生意了。我看中了一套房子，必须开店挣钱获得流动周转资金。你也买一套吧，涨价了再卖掉，还可以挣钱！如果你想自住，那个房子位置很好。"

丽丽说："我也喜欢房子，我们明天一起去看看吧！"李华得到丽丽的赞同，高兴地点头说："这我就放心了，如果有资金需要，我买房的钱不够的话，哪怕将服装店转让出去，也要买到那套房子。"

丽丽不停点头表示对李华想法的赞同。

第二天是星期六，李华全程陪伴丽丽去看了武汉的三个楼盘，聊起了很多往事。李华讲到这几年去过的一些大城市，综合考虑，认为房地产在未来真的很有发展前景，买到了就是赚到了。

李华讲到此话题非常兴奋激动，但是丽丽却说："我看武昌也很好，我现在对买房一点兴趣也没有，我家已有了一百八十平方米的大房子，有这样的房子我已经知足了，我可没有你这么拼，况且房子多了难打理！"

李华没有再说什么，关于这个话题两人不在一个频道。李华开玩笑说："那好吧，咱俩今天吃好喝好就行。"

看完房子后，李华请丽丽吃了晚饭。丽丽看看手表说："还得赶最后一班巴士，这里离汽车站很近，今晚我就回市里去。咱俩散步走到汽车站，你就回店忙吧！"

李华说："你不多待两天吗？大衣拿了吗？"

丽丽说："一直在背包里，谢谢你。你记得打电话给郭奇志，人家打电话给你，记得接听，聊聊总是能多一个朋友吧！"

李华点头笑着说："你也看到我有多忙，身兼数职，又当服装店老板，又帮台湾卞姐销红酒，还有门窗工程要做，恨不得变成会分身术的孙猴子，哪有时间去谈恋爱？不过，如果他打电话给我，我会接的。"

谈话间，两人到了车站，丽丽坐在车上向李华挥挥手说："快回店去吧，有什么情况给我电话！"

李华说："那是肯定的！拜拜！"

今天幸好有女儿帮忙看店，要不然李华还真脱不了身陪丽丽。

李华女儿很懂事，平日周一到周五全天工作，周末就来店里替妈妈守店，并常常带着同学同事来照顾妈妈的生意。

李华的女儿这次又带来了八个美女顾客，每人都买了三件以上的服装。她们都买了一件红色的大衣，说太便宜了，并说要一起穿红色大衣出门，显得有范儿。

女儿每次星期六到店，都会先穿上店里积压最多的服装。这件红色大衣穿在女儿身上怎么看都好看，路过的客人看一眼，脚就停住了。一位顾客问："美女，你身上穿的大衣有我穿的码吗？"

李华女儿热情地应答："有，侧面那一排架子上，大中小码齐全。这是公司打折扣促销，是最实惠的价格，物有所值，超划算！原价三百九十九元，现在折扣价只需一百零九元。如果买两件，单件价只需八十九元。你放心挑选试穿，夏天买冬季款，是最省钱的。有位老师买了两件，说是送给儿媳妇当过年礼物，红红火火的寓意多好！"

客人甲说："真的，标签上价格还是三百九十九元，这送朋友也拿得出手！"

客人乙说："美女老板有包装的袋子吗？我想买两件，一件M号，一件S号。我自己一件，送闺密一件，今年过年的红色衣服就搞定了。给我分开包起来，优惠价可以吗？"

李华女儿说："没有问题，给你活动价格，包你满意！"

女儿做生意不比李华差，而且很有创意。

晚上李华回到店里，跟女儿结算当天的收入，比平时要多一千多元，那天创造了当前最高营业额三千零八十元。

第二十九章 闺密情谊

丽丽离开一周后，李华在店盘点着大衣数量，只剩下最后几件了，她在心里松了一口气。这时店门外传来几个女人的声音："是这里，李华在电话里说过，是用树皮做成的门牌。肯定是这里，总算找到了！"

另外一个声音说："还真好找，是这家，李华也说过隔壁有家玉石饰品店。"接着又听到一句话："你们俩真是的，进店看看不就清楚了吗？"

李华隐隐约约听出了是谁的声音，赶紧打开门："哈哈，是你们三个！好找吧，快进来！老同学来捧场这么给面子，我好开心啊！"

同学三人不客气，进店就坐在沙发上。李华把准备好的水果盘和茶叶都拿出来，泡好热茶，招待同学们。她们可是跟李华一起长大的同学，从幼儿园到初中都是篮球队、艺术队的成员。其中有一个经商的同学叫敏俐，这个"莲湖缘"的店名，就是沿用了敏俐曾经开过的茶楼的名字。李华听敏俐说过，初中袁老师给她的茶楼起了"莲湖缘"的名字，自己将它用来当服装折扣店的店名，一名多用。

敏俐笑着说："我们的袁老师若要收版权费，我们俩都要给！"

同学惠珠说："快带我们参观一下服装店，我们先到楼上看看。李华说今晚我们一起睡在店里，好想看看我们睡觉的地方！"

同学珊妮说："急什么？今天又不走，让你看个够。"珊妮嘴上说着，可还是跟着惠珠上了楼，边走边又问："这店里面真宽敞，我们睡在这木板床上，还是睡在那张小床上？"珊妮指着楼上的两张床向楼下喊了起来。李华回答道："你们自己选择，想睡在哪里都可以。"

敏俐说："我不睡在这里了，你知道的，我在武汉光谷金地那边买了房子。我就不凑热闹给你添麻烦了，你只管她们俩就好！"

李华说："没有关系，睡得下，你赶过去多累呀！"

敏俐说："很方便，出门走几分钟就是彭刘杨路站台。我经常坐公交车到武广、中南、汉阳钟家村逛街。别担心我，我对这边很熟悉。你忘了咱俩还有娜娜一起在武汉到处看房子？"

李华说："没有忘，告诉你，我最近又去看了新楼盘，真想买！"

惠珠和珊妮从楼上下来说："你们两个人又聊房子了。敏俐衣服看中了吗？"

敏俐说："我已经挑选了一件红色大衣，最爱漂亮的两位美女，你们快挑！"

珊妮说："我也拿一件红色大衣，过年正好穿，红色喜气。而且这么便宜，质量还好。这跟我们以前经常去的黄冈店是一样的服装风格。"

惠珠说："我看也觉得像那家店的服装类型！"

李华说："你俩眼光真准，没有错，我就是加盟了小洪老板的服装店。她在北京直接给我发货，我不用操心进货！"

珊妮说："原来是这样，以前我们总去小洪她家总店买衣服，一买七八件，每次你买得最多！现在自己开店了，你的衣服怕是穿不完了！"

李华大笑说："你们都爱买衣服，哪个少买了？"

大家你一句我一句地顶着说，像年轻时候一样。

李华看着珊妮，突然想起了前几天丽丽提起过的初恋情人郭奇志。在那段还没有开始就已经结束的关系中，珊妮也是其中一个当事人。李华本想跟珊妮聊聊这件事，但惠珠和敏俐在场，李华不方便说起。但想起那段往事，李华又觉得好笑，情不自禁地把笑意挂在了脸上。随后，李华话锋一改："快挑，快选，今天中午在店里吃饭。下午关店，晚上咱们去首义小吃街吃沸腾鱼和烧烤。晚上去舞厅跳舞，我们有很多年没有在一起跳舞了吧？你们不来，我都顾不上玩，就是住这么近，我都没有去玩过！"

惠珠和珊妮说："这里还有舞厅？"

李华说："有，知道你们俩喜欢。敏俐今晚别回去了，一起去看看呗！"

三位同学都在李华店里选了自己喜欢的衣服，待客人都结账散去后，她们异口同声地说："老板结账买单！"说完将准备好的钱直接放在收银台上。"不找了，收下！"三个同学都这样对李华说。

李华说："你们不用这样，一是一，二是二。你们来捧场，我已经很开心了，真的。我还图你们经常来玩，该怎么结算就怎么结算好吗？"

　　李华把该找的零钱分别放到每个人的手上，心里才踏实了。

　　李华看今天已卖出去了很多衣服，便早早地关店，带着同学去吃晚饭的饭店附近转转逛逛街。

　　吃罢晚饭已到了舞厅马上要开放的时间，晚上八点钟开场，十点钟散场。灯光映照着人群，忽明忽暗，暧昧的暖灯在舞动的人群中穿梭。李华跳华尔兹，还是习惯和珊妮跳，珊妮当男伴，李华跳女伴的步伐，虽然体力不如当年，但是两人配合得很默契。

　　李华说："这么久没跳舞了，还是很爽啊！"

　　珊妮说："是啊，你比以前重了，我快带不动你了，哈哈！"

　　李华说："哈哈，是你长胖发福了，你应该多运动哟！"

　　珊妮说："是啊，以后我回市里要经常约好友阿香一起跳广场舞。"

　　敏俐被大家拽进舞厅。惠珠则被一位帅哥请跑了，在舞厅中飞转。播放慢曲子的时候，敏俐也被一位男士请去跳了一曲慢四步舞。那晚大家都玩得很尽兴，全部出汗了。李华说："这才是美容养颜最好的运动！"

　　姐妹们一直跳到舞场十点散场，个个意犹未尽。散步回到店里，四个人洗完澡，挤在木床上，穿着睡衣聊天，不时地发出爽朗的笑声。四人一直聊到下半夜，才慢慢睡去。同学们真愿永不长大，停留在没心没肺的纯真学生时代。

　　这就是闺密之间的亲密情谊，什么都可以说，什么都可以不计较，可以不用掩饰自己的情绪，这样的情谊真可贵，就像那个年代一位台湾歌手唱的一首歌一样，情义无价！

第三十章　好友的建议

　　第二天早上，三位老同学早早醒来，跟李华一起吃过早餐后，便按照计划，珊妮和惠珠步行至江边乘轮渡，去对岸有名的汉正街转转；敏俐在附近公交站上车回家。李华和同学们挥手告别后，独自散步回店开门营业。李华刚想看看日历上写的备忘录内容，突然电话响起来："喂！李华呀，我明天上午到武汉开卫生组织防疫会议，下午和司机一起到你店看看，帮我选一些适合我穿的衣服哦！明天下午见，晚上我请你吃饭！"

　　卫悦悦在电话那头高兴地说着，李华很开心地说："我在店里等你，等会儿我把店铺地址发到你手机上。"

　　李华想，今天真是好日子，刚刚送走一拨老同学，又接到了高中时代的女同学卫悦悦的电话。平日里卫悦悦话不多，是李华的朋友中最朴实的一位，一直给李华温暖的支持。卫悦悦的爱人祥和也是李华的同班同学。李华从卫悦悦口中得知，祥和同学有段时间因病住院，这期间对卫悦悦展开了追求。

　　李华跟卫悦悦的友情一直很稳定，李华结婚，生孩子，卫悦悦和祥和都是见证人，李华再婚，也只请了卫悦悦和祥和二人作为证婚人。后来李华还和卫悦悦当了一回媒人，促成了另外一个单身女同学一段姻缘！

李华想到明天下午就可以见到卫悦悦，心里一阵欢喜。李华很喜欢卫悦悦低调稳重大方随和的性格，李华有很多知心话都会和卫悦悦倾诉，卫悦悦总是在李华需要帮助的时候出现在她的身边，默默地听着李华的苦恼。这种友情让李华放心踏实。

第二天下午，卫悦悦如约而至。司机进店就说：“卫主任，你和同学先聊着，我去停车。”

卫悦悦说：“小李，你先把车上的水果拿到店里，停好车后就过来坐坐！”

卫悦悦对待司机小李的态度非常谦和，没有一点架子。

卫悦悦靠着较硬的专业技术，一天天成长，在专业干部中脱颖而出，最后成为当之无愧的主任医师。

卫悦悦接过李华递过来的几件衣服，到帘子后面试穿，卫悦悦走出帘子说：“你挑得真好，不仅合身，而且大方得体。再帮我多选几件，有没有祥和穿的衣服？还有司机小李，你帮他也选择几件！”

李华知道这是卫悦悦照顾她店里生意，也知道医务工作很忙，开会后还想到特意看看她，这份情谊很难得。

李华说：“悦悦，你若是真的需要，就全部拿走。别买些不需要的，不用特意照顾我店里生意。”

司机小李赶紧上前对李华说：“你不知道，卫主任在路上就跟我说了，今天到同学店里多挑选些好衣服，绝对实惠。我进来看了一下，还真是，又是品牌，我们肯定是有需要才买！”

卫悦悦说:"我怎么会跟你客气呢?真的是有需要,也确实便宜嘛。按 XL 码拿两件男士衣服,再给我儿子也拿两件上衣。要不然他们会说我只顾自己,不公平。一起算钱,分两个包装袋就行了。然后我们就一起去吃晚饭,今天你早点关店休息!"

李华没有多说话,她心里都明白。

晚饭时,司机小李点的全部是李华爱吃的湘菜,真是细心照顾到李华的重口味。这都是卫悦悦事先叮嘱的,甚至还多点了一些主食,让服务员打包,让李华带回店里明天吃。

卫悦悦说:"我妹妹以前开过汽车配件店,长期守店,吃饭不方便,我经常给她送饭去,所以我理解你一个人守店不容易。吃饭时你用微波炉转一下就可以,在店做饭不方便,也不容易做出好味道,你说呢?"

卫悦悦总会在生活细节上替李华着想,这一举动让李华特别感动。李华单身生活多年,只顾拼命挣钱照顾家人和女儿,从没有在生活小事上照顾到自己。卫悦悦的关心体贴,让李华心中很温暖。

李华说:"我过段时间要买房,所以抓紧时间挣钱。一天干十二小时,就我一个人顶着,又是营业员,又是老板,一抹带十杂,已经练出来了。"

那天李华话多了一些,讲的都是大实话。通过交流,卫悦悦也说出了好的建议:"事实上,房地产赚钱机会大于开服装店。"

李华接话说:"是啊,做这家服装店就是因为投资少,资金回笼快。但是守店时间把我限制了,我无法脱身去干其他事情。所以这次考察了几个大楼盘以求突破。这几个大楼盘,如果有钱,买到就是挣到。不知道你有没有计划将来在省城给孩子买房?"

卫悦悦说："我就一个儿子，就让孩子跟在我们身边，等我退休了也好照应他，帮帮他。不过你不同，既然已经在省城了，肯定要趁早买房，安居才能乐业嘛。"

李华听了卫悦悦的建议，心里有数了："我可能会在近期做出决定，将服装店转出去，全部用作两套房子的首付款。"

卫悦悦笑着对李华说："其实你心里早有主见了，只是非要得到别人的肯定。以后可以不用考虑别人的建议，就跟着你自己的感觉走，相信你自己！"

那次晚餐后，李华考虑了一整套的转让计划，开出了三种很诱人的条件。果然在一周时间内，迅速将服装店转了出去，并将押在房东手上半年的租金退了回来。按照合同，李华将半个月的租金直接奖励给接店的老板。

李华把所有收回的成本和利润，全部用来买入已经看好的两个楼盘。一切如李华所愿，不仅为女儿又一次购下了婚前房产，也为自己购置了一套市中心地段的小户型住宅。

就在服装店转出的最后一天，一位意想不到的来客出现在了李华店门外，他是谁呢？

第三十一章　遇见初恋对象

李华的服装店转让后，根据合同规定，李华存放的东西要在一周时间内全部清理。就在临退店前两天，李华还有一台电热水器需要拖走。这几天已经把李华忙得够呛了，一刻也没有闲着，女儿也利用休息的时间来帮忙。这个时候，李华的电话铃声响起："喂！是李华吗？"

李华听着对方声音陌生，反问道："你是谁，不会打错了吧？有什么事尽快说吧，我现在很忙！"

对方没有挂断的意思："是我呀！丽丽没有对你说吗？我是郭奇志，现在服装店门外，怎么看起来是空店啊？"

李华说："你在那站着别走动，我在楼上清东西，马上下楼！"

虽然郭奇志与李华多年没有见面了，但见面的那一瞬间，彼此一点都不陌生。郭奇志大大方方地跟李华打了招呼："没有想到吧，我来看你了。怎么把店转出去了？我来得真是时候，如果不是今天来，还找不到你！这是上天帮我呀！有需要我帮忙的吗？今天我可以听你指挥，我没有别的事情！"

李华正急着要找人帮忙，郭奇志不请自来，这位李华的"初恋对象"出现得太及时了。若是在以前，也许李华还会假意矫情委婉拒绝，现在的李华坦然多了，大大方方地接受了郭奇志的帮助。看着多年不见的郭志奇，李华不自觉又想起那一段过往。

那时还是 20 世纪 80 年代，李华跟丽丽因为打球结识，两人成为好朋友。有一次丽丽生病住院，李华去医院探望丽丽。刚进病房，李华就看到丽丽像是准备要出去走走。

丽丽问李华："哎！你怎么来了？"

李华说："你生病怎么不告诉我呀？"

丽丽说："没有生什么病！我来好事全身发软，上不了夜班，来医院检查，医生说我身体虚弱，需要调养。白天住在这里，晚上我就回家啦！幸好你来得早，不然我就回去了！"

李华说："没有大病就好，得知你在医院吓得我赶紧来看你！那我们坐一会儿，待会儿一起回去吧！"

丽丽说："我正好有两件事要跟你说，那个财务科长的大儿子文斌你有印象吧？就是每天我们一起打羽毛球的时候，向球场这边弹吉他的那个人。"

李华点点头，想起确实有这么一个人。丽丽说："人家喜欢上了你，问你谈了男朋友没有。我说没有，人家就要我帮忙问问你，愿意不愿意当他的女朋友。"

李华大惊："搞没搞错！你可千万别说跟我说了，我不会在厂里谈恋爱的，我不想找厂里的人当男朋友！"

丽丽说："也是，我也不想跟厂里上班的人谈朋友，要不我帮你介绍一个男朋友吧。我的同学刚从部队转业回来，他父亲是行署办公室主任，他妈妈以前也在我们这个厂里工作，后来调走了。哪天我帮你联系一下，让你们认识认识，可以先做朋友了解一下。他比财务科长的儿子帅气年轻。他明天要来医院看望我，你明天也在那个时间来医院吧，就像是偶然遇上的。我爸的战友给我介绍的男朋友也住在行署大院里，我男朋友的爸爸是行署专员，他们两人的家庭我都了解，都是干部家庭出身，你放心吧。还有，我有男友这事你对谁都别说！"

一下子听到这么多秘密，李华有些紧张起来。她没有想过要谈男朋友这个问题，她感觉自己现在的生活丰富多彩：下班打球，或者练习跳舞唱歌，周末还去露天的游泳池学习游泳。没想到这么快就要面对谈恋爱的问题了，也许是缘分来到了吧。

李华是家中长女，俗话说得好，"一家养女百家求"。为了打消厂里财务科长儿子的想法，李华想快点公开有男朋友的消息，这样可以让财务科长儿子知难而退，李华也不会因主动拒绝而得罪他。为此李华答应了丽丽的安排。

第二天李华应约而至。这次李华脚步有意放轻，她想先看看丽丽介绍的退役军人长得怎么样，也想听听他们在谈论些什么话题。李华轻手轻脚地在门口站了一会儿，听见丽丽说："我介绍给你的女朋友，她可是从来没有谈过恋爱。有几个领导的儿子看中她，可她就是看不上人家。她性格真的很好，人又能干。见面后你留下自己的联系方式，多约人家女孩子，你不会让我教你怎么去谈恋爱吧？"

那退役军人正是郭奇志。郭奇志说："谢谢丽丽介绍，我也是认真的。我妈说过，只要成了我们家的一员，将来会帮忙把李华调出厂，去一个更好的工作单位，看缘分吧。我家庭关系简单，一家四口人，父母加一个妹妹。"

李华看着郭奇志的背影，听着他刚刚说的一番话，感觉这郭奇志人很沉稳。

这个时候丽丽已经看到李华站在门口，看了李华一眼，又继续问郭奇志："那你准备什么时候带李华见你父母呢？"

郭奇志说："这要看李华的意思，可以选一个周末去我家吃饭。我都准备好见面礼了，一个黄色女军用挂包，一块女式手表，还有女兵军装一套。这些都是我在当兵的时候向退役女兵换来的，既时尚又有纪念意义，现在女孩子们都很流行穿军装。我的礼物可是拿钱都买不到的。"

郭奇志说的是实话，在那个年代，能穿上部队女装，背上黄色挂包，再穿上一双半高跟鞋，一副高干子弟文艺兵的打扮，是极不容易的。

李华听到这里心里有点高兴和得意，情不自禁地笑出声来。郭奇志转身看去，发现了站在门口的李华。他看到李华娇小苗条，刚好配上他的个子高度，一张圆圆的娃娃脸，看着单纯甜美，正是他喜欢的类型。

郭奇志说："你就是李华吧，我们正聊到你！"

李华瞧着肤色有些偏黑的郭奇志：大大的眼睛深邃而明亮，穿着一件白色衬衣，配着部队军裤，一双黑色的皮鞋，以军人的站姿立在病房里，很有一番军人的风范。李华顿生好感，但毕竟是第一次见面，李华不好意思多看郭奇志一眼，直接向丽丽笑着走去。

丽丽上前拉着李华的手对郭奇志说："我的任务完成了，你们以后就自己说好约会时间，我可不再管了。记得，你是男人应该主动哈！"

郭奇志笑着说："谢谢老同学帮忙，我会的！"

李华的大脑飞快地想起了这些，突然感觉时间过得真快，一晃就到了中年，以前的小伙子如今变成了郭大叔，郭奇志身材微微发福，现在李华能像对待朋友一样，与郭奇志相谈甚欢，没有一点别的意思，像是对待一个老熟人老朋友，大方随意却有分寸。

已成为大叔的郭奇志，一看到李华就知道自己没戏了，因为站在他身边的李华，无论脸上还是身材，一点也没有留下岁月的痕迹，倒是像在逆生长，多了一份成熟女人的韵味，真不亚于当年初见时的模样。

第三十二章　青春往事

　　那个年代的年轻人刚谈恋爱时都害羞。每次李华和郭奇志约会都会把珊妮叫上，三个人并排一字行，沿着马路边散步，李华在中间，右边是珊妮，左边是郭奇志。

　　第一次约会时，李华不敢随便盯着郭奇志看，就叫闺密珊妮多暗中观察。就这样每周一次的约会成了三个人的约会，每次会从李华的单位开始散步，散步结束先送珊妮到单位宿舍，两人再返回李华单位宿舍楼。途中会经过一所中专学校的大体育场，两个人会沿着大操场走两圈。

　　那个年代恋爱中的情侣连牵手都会心跳加速，有次他们遇到一条水沟，李华跟着郭奇志跳过去，双手紧拉着的那一瞬间，两人都不好意思，难为情地赶紧松开。那是夏天的傍晚，只有零零散散的人在散步，没有谁注意他们。微风吹过，树林中的知了发出声响，带动起一片水沟的青蛙欢唱——连小动物都在笑这俩人。李华羞羞答答的样子，让郭奇志看得入迷。他想早点让他们的关系更进一步，便迫不及待地说："我们全家都想见见你，这周末可以来我家吗？"

　　李华微笑而不语。此时两人已回到了李华的单位宿舍大门前。这一次约会因李华害羞，并没有及时回复郭奇志的邀请。

　　又一个周末，李华正在球场上和丽丽一起练习打羽毛球，珊妮在球场旁边站着。过了一段时间郭奇志也来了。

　　李华在球场上挥动羽毛球拍的矫健身影，将郭奇志的目光紧紧吸引住了。等李华下场时，郭奇志给李华递水，并说："真看不出你羽毛球打得这么好。"

　　丽丽接话说："老同学你不知道吧，李华是我们这里连续两年女子比赛的亚军，你今天来约会呀？"丽丽扮一个鬼脸又笑着说："我不当灯泡了，我回家去，你们去转转！"

　　珊妮笑着说："我从头到尾都在看你打球，真是越打越好了！我们等会儿去哪里？我今天上夜班，晚上十点车间接班，可以陪你们两个小时。"

　　那时是夏天，虽然已是晚上七点多，但天还很亮。李华看着郭奇志问："你今天准备带我们去哪里？"

　　郭奇志深情款款地看着眼前的李华，轻声细语地说："我妈叫我这周六把你请到家里去吃饭，和家人见见，今天我是来跟你说这件事的。上次你还没有回答我，我们家里人还在等我的消息呢。我们就在附近走走吧，你看呢？"

　　李华想了一下说："那我们一起顺道送珊妮回她单位，然后再慢慢走回来，路上可以聊聊，好吗？"

　　从李华单位出来，穿过一所中专学校的大体育场，再向前走十分钟，就可以看到珊妮工作的床单厂大门。李华和郭奇志每次都会把珊妮送到大门口，看到珊妮走进去，再转身原路返回李华的单位。

回来的路上，郭奇志好奇地问："你和珊妮关系一直这么好吗？"

李华说："是啊，我们从小就在一起上学、打球。我到她家学会了包饺子，她喜欢吃我妈妈做的咸鱼咸菜。从小我们就好得不分你我，我有什么好吃的都想着给她一份。她性格好，每天上学总是到我家等我一起去。我在家是老大，有很多家务活我得干，她就帮我丢垃圾袋。后来又一起参加了工作，只是没有分到同一个厂。"

郭奇志听李华说了一些与珊妮有关的儿时的事，又忘了问李华关于下周六见家人的答复。没多久又回到了李华单位大门口，郭奇志只得说："晚安，星期五下午我抽空来厂里找你，看看你工作的车间好吗？"

李华有些犹豫："这不好吧，车间是工作的地方，有什么好看的？哪有在工作地方约会的？"

郭奇志欲言又止，最终还是没有问出口。看着李华转身走进宿舍大楼，也只好转身离开，那步伐果断，坚毅，他在心中暗暗地说："星期五下午我一定要李华答应！"

很快就到了星期五，车间进来了一位陌生人，拾管工闫师傅对走进车间的年轻小伙子说："小伙子你找谁？这是车间工作重地！"

来人不是别人，正是郭奇志，他还真行，真的找到了李华的工作车间里。李华被闫师傅叫了出来，她着急地问郭奇志："你怎么到这里来了，这样影响多不好呀！有什么急事，快点说呀！"

郭奇志看了眼四周，似乎一点不急，慢慢地说："我妈我爸和妹妹定了这个星期天一定要我带着你来家里吃饭，你答应我我马上离开。"

"哎呀！就为这个事儿？你也不应急着在工作的时间找我呀？"

　　李华担心被车间领导看见了挨批，又催促道："你赶快走，我妈说了，女孩子谈恋爱一定要男方父母先上女方家提亲，女方才能去男方家。你们家是干部家庭，难道不懂得尊重这些风俗习惯吗？"

　　郭奇志纳闷了，接着说："现在已经是新社会了，还那么死板？只是吃个饭，大家相互了解一下，这有什么不对？你一定要去，我们家都给你备好了见面礼，一块手表，一套绿色军装，一个黄色军挂包，这是现在最流行的。这次先来我家，下次抽空去你家，好吗？"

　　李华的思绪飞快运转，像那一排纺织缫丝飞速运转的机器。几秒钟后李华压低声音，很严肃地对郭奇志说："你先走吧，我想好了，我不能去你家。我妈要是知道我先上了你家的门，一定会很伤心的，甚至会指责我不懂事。我妈说过了，女孩子一定要矜持一点，才能得到男方家人的尊重。要去，也应该你先上我家去，我家人同意了，再去你家才可以呀！"

　　郭奇志听罢生气地向车间外走去，最后又慢慢回头对李华说："那我们散了吧，如果你坚持不去，我只有这样跟家人交代！"

　　李华也生气地顶了回去："这很重要吗？不去就散了？散了就散了！这是你说的！好，我同意结束，你爱怎么跟你家人说就怎么说。不送了，我得回去工作！"

　　两人就这样不欢而散。初恋就这样结束了吗？连李华都蒙了，还没开始就结束了？想想都觉得好冤枉！李华有点烦躁，管他呢，连这点事都不尊重女孩子的建议，那以后的日子矛盾岂不是更多？

　　这是李华第三次拒绝了谈恋爱的机会，为了听妈妈的话，做个好女儿，做个懂事的女儿。李华觉得自己没有做错，但是人家郭奇志似乎也没有做错，那么是哪里出错了？

　　反正这件事情黄了，没戏了，但庆幸的是李华是一个热爱生活的人，爱好广泛，篮球，排球，羽毛球，游泳，骑自行车，跳舞，唱歌等活动占用了李华所有的休息时间。这样的生活也很充实，李华只不过是回归了快乐的单身生活。丽丽知道后也没有说李华什么，只是说："你找男朋友挺挑剔的，若是嫁给郭奇志，肯定能将你调出这个厂，给你安排更舒适的工作。"李华笑着摇了摇头。

　　一晃三个月过去了。一个周五下午，李华正准备上班，结果被突然来访的郭奇志拦在路边。

　　郭奇志说："有件事想求你帮忙，我想跟你的闺密珊妮谈朋友，你不介意吧？"

　　李华一时没有反应过来，她真没想到郭奇志来找自己是因为这样的原因。当时李华觉得自己很可笑，差点自作多情地以为郭奇志后悔了，来追回自己。

　　李华故作轻松地说："好呀，我祝福你们。我没有意见，我不介意，真的！"

　　李华说完直接走向上班的人群中，谁知道郭奇志又追上去说："你今天能陪我去和珊妮当面说一声吗？珊妮要听你亲口说不介意。"

第三十三章　大气成全

李华停了下来，看着眼前的郭奇志，心里想着：反正都这样了，何不做个好人，成全他们。

这两人，一个是好朋友，一个是刚刚开始恋爱就结束的前男友。李华对郭奇志并没有爱到深处的感觉，他们只是牵过手，连拥抱亲吻都没有过，没有什么不好放下的情感。

想到这里，李华冲人群中喊道："陈香，麻烦你上班时替我跟对班的素芬说一声，我有点急事，让她顶我一个班！明天我顶她上连班！"说罢转头对郭奇志说："走吧，这个忙帮你，以后就别找我了。"

李华的果断让郭奇志感到惊讶，他马上说道："好吧，那我们现在就走，她应该下中班了！"

两人一前一后地走着。此时的路，正是他们俩走过无数次的路，地方没有变，人的心却变了。

两人的唯一一次约会，是去看了一场电影。那部电影的名字是《少林寺》，李华还学会了电影的主题曲《牧羊曲》。一直以来，只要去了歌厅，李华都会有意无意地唱这首《牧羊曲》。这是那时留下的精神烙印，李华用它来纪念那段昙花一现的感情。

　　十几分钟的路程不长，李华千头万绪地想了一路，想来想去还是觉得自己跟郭奇志缘分浅薄。

　　很快就走到珊妮的宿舍门口了，李华常来，对这里很熟悉。李华敲门后，珊妮在里面应答道："谁呀？进来！"

　　李华推门的那一瞬间，珊妮看到李华身边的郭奇志，什么都明白了，没等李华说出口就急着说："别听他瞎说，我还没有答应呢！"

　　李华很冷静地对珊妮说："我是特意请假过来跟你说的，真的不用考虑我，你们谈朋友，我没有意见，因为我和他什么也没有发生。只要你不介意我和他谈过朋友这层关系，我祝福你们，我该走了！"

　　李华说完话便转身离开。郭奇志也被珊妮赶了出来："你走吧，我马上要上晚班了，以后别来找我，搞成这样！"

　　做了这件事，李华彻底释怀了。谁说女人失恋了就痛苦，李华没有觉得痛，只是理性上觉得惋惜。

　　从那以后，李华再次见到郭奇志，是在单位大楼。这一晃十几年过去了，李华也没有想过还有缘分跟郭奇志见面，真像电影。那时李华已经离异，一门心思搞工作，正在市局办公室里任中心主任，主要负责单位行政事务，管理食堂工作，包括食材选购、厨师和服务员的管理，还负责接待省里市里的来访人员。

　　有一天李华办公室走进一位高个子男人，敲门进来就说："请问，李华主任在吗？"

　　李华正好在办公室里审核进货账单发票，抬头看去，那中年男人长得很帅气，但不认识，便问："请问你找她有什么事吗？"

男人一口黄州人的乡音:"不是我找,是我们郭局长找她。"

李华听出口音,疑惑地问:"哪个郭局长?你是黄冈市来的?"

男人马上回答:"是的,是郭奇志局长。他就在楼下大厅。"

李华心里一惊:是他?他怎么找到这里来了?这么多年没有见过面了!李华沉思了一会儿,对男人说:"她今天没空,要开会,你们回去吧!"

男人不甘心地问:"那什么时候有空,我好去回话!"

李华想了想说:"那就在 1 月 16 号吧,如果你们的郭局长还记得这个日子。"

男人似乎明白了,眼前这个女人就是李华主任。她的打扮有点奇怪,在办公室里还戴墨镜。男人退出了办公室,垂头丧气地慢慢向电梯口走去。

李华心跳加速,心想:是什么风把他给吹来了?李华边想边拿出抽屉中的镜子,对着自己照了起来。两周前才隆过的鼻子,正在慢慢消肿。"要见也得我说了算,十几年没有见过面了,一定要让他见到我最好的一面。怎么说也是个初恋情人。听说他谈恋爱变来变去,幸好当年没有谈成。刚才做得真好,拒绝的感觉真爽!"

李华想到这些,竟有些期待那天的到来。她也不明白这是为何,是为了证明自己的魅力?

鬼知道李华当时是怎么想的,李华说的日子是自己的生日。李华想着给对方一个见面的机会,就当是跟老朋友相聚一回。

生日那天李华像往常一样上班工作,只是在穿职业装的基础上多佩戴了一条亮丽的丝巾。十一点钟郭奇志的电话准时打给了李华:"我就在办公大楼前,车子停在路边,还是停在单位后院?"

　　李华说："你就停在大楼前面路边的车位上吧，你直接上后副楼二楼，我在那里等你。中午我请你吃饭！"

　　郭奇志说："这样吧，我带了红酒，到外面去吃吧！"

　　李华说："到我这里看我，我请你吃一顿便饭而已，不要跟我客气！"

　　电话那头停了一会儿："那好吧，恭敬不如从命！"郭奇志有些别扭地说着。

　　李华站在二楼走道上，等待着这位十几年未见过的初恋，心里突然觉得好笑。她自己都不知道为何要对这个男人这么盛情款待，他为什么还有勇气来找自己？真是个奇怪的男人！

　　两人见面后相互看了看。"你一点没有变！""你变漂亮了，保养得真好！"

　　两人不约而同地夸奖起对方。在待客的小包厢里入座后，郭奇志将自己带来的红酒放在桌上："今天喝这瓶！"

　　李华笑着点了点头。

　　成熟知性是郭奇志这次见面后对李华的第一感觉，比少女时更有内涵了。他知道眼前的李华经历过生活的磨炼，已不是当年的单纯少女，但依然能感受到她骨子里的善良和谦和。

　　面对李华，来之前想好的话，郭奇志又不好意思说出来了。他以为自己单身了，又当了税务局的局长，应该还有资格追李华。可不知道怎么的，见到李华后，他害怕失去接触的机会，不敢提情感问题，只是像看望老朋友一样淡定地叙叙旧。

　　用来招待的工作餐已上桌，李华另外多点了两道菜，分别是郭奇志最爱吃的红烧鲫鱼和五香粉蒸肉。郭奇志很感动。

第三十四章　特别的生日

两人吃完饭后，郭奇志问李华："今天你可以请半天假吗？我们开车出去转转。"

李华平日以工作为重，很少休息，就答应了郭奇志，请假半天。还好今天公司不忙，又没有领导客人来访，因此李华提出休息半天，领导立刻同意，只要李华把工作安排好就行。

郭奇志高兴地问："你想去哪里？"

李华不假思索地回答："想去东方山，可以吗？"

郭奇志满口答应，两人说走就走。郭奇志很体贴地为李华打开车门，让李华先坐上副驾驶座，自己再坐在驾驶座位上，系好安全带。李华问道："这是你的私家车还是你单位配的专车？"

郭奇志说："私家车，自己开车方便。"

李华不作声了。以前年轻的时候还没有这样的条件，约会都是散步，走来送去的都是步行，也挺快乐的。没有一点攀比，谁也没有嫌弃过穷。现在谈恋爱都要讲房讲车，现在的人变得很物质，可李华从不虚荣，对车没有概念，也不知道什么车子好，什么车是豪车。

郭奇志问："你会开车吗？有私家车吗？"

李华说："我会开车，也有驾照，但说实话我不喜欢开车，喜欢坐车。我在空场地开车很厉害，但是一上正道就害怕，心里打鼓，手脚也不灵了。"

郭奇志又问："你这几年还有什么计划吗？比方说个人问题，不想再成家吗？"

李华抬头看了看郭奇志："你还是专心开车吧，我还没有计划。"李华说的是真心话，她正纠结下一步该如何走。

李华喜欢工作，但是不喜欢目前的这份工作，她很想转行或调动工作，去一个是非少的单位工作。

两人在车上一问一答地聊天，时间过得很快，四十分钟车子就开到了东方山停车场。因为不是什么节日，上山的人不是很多，两人沿着山路漫步，回忆之前发生过的种种事情。

这一天，两人相处得很愉快，但那一天过后，李华跟郭奇志并没有太密切的联系。因为李华认识了于平，并成了于平的妻子。这一晃又是多年，再次见面就是李华的服装店退店这天，郭奇志及时出现帮忙搬店。

郭奇志很自然地帮李华清理店里的重物，将店里的热水器放到车子后备厢，并按照李华提供的地址，运到黄冈市温州商城，那里有一处李华多年前购置的三层店铺。

这回轮到郭奇志吃惊了，他怎么也想不到，李华还在他的城市买了一套门面房。历经一个小时的车程，终于到了李华买的那套门面房，郭奇志麻利地将热水器搬到三楼。他打量着已装修好的店铺，这里看起来空置多年，一直没出租。

　　李华像讲别人的故事一样，自然大方地跟郭奇志聊开了。郭奇志以开玩笑的口吻说："既然到黄冈市来买房了，你打算买什么房子呀？我那还有一套新房是空着的，你有没有兴趣？要是我到武汉发展，我也不买房子了，就住在你那里，怎么样？"说完大笑起来，看到李华没有太大的反应，郭奇志又接着说："我知道我们这小城市房子不值钱，还是你眼光好，选择购入省城房产，买到就是挣钱了。我建议这套商铺趁早卖掉！"

　　李华也是这样考虑，所以来之前就预约了一个房屋中介来看房，准备挂网上转让出去。李华做事雷厉风行，说干就干。

　　不多时，中介李经理来了，把房子评估的市场价格报给李华。李华心里有数，这处房产卖掉只求挣回本金，余下的利润，奖励给李经理一万元，唯一的条件是尽快出售。李华还表示，如果在一周内找到一次性付全款的买家，将奖励中介一万五千元。李经理立马签了出售合同，表示一周内听电话通知，保持联系。

　　李华补充道："房子你也看到了，就是不做生意当住房也划算。装修都搞好了，连热水器今天也安装了。全部的家具都不搬走，唯一的条件是一次性付清全款！"

　　郭奇志佩服地对李华说："事情已经办完了，该去吃饭了。我请你去吃特色菜，烧土鸡，糍粑鱼，红烧鲫鱼，都是你爱吃的，对了，还有锅巴粥。这辈子没有娶到你当妻子，我有眼不识泰山啊，我还有机会吗？"

　　李华笑得很灿烂，目前两人的关系让她感到很舒服。李华从不后悔她的这些经历。这么多年的努力真是应了那句话：善良待人接物，智取打拼才会赢！

那顿晚饭吃得很香，酒也喝到位了。李华还执意邀请了房屋中介李经理共进晚餐，夜色撩人，三人在愉快的气氛中举杯预祝房屋顺利出售。

晚饭过后，郭奇志答应帮李华处理她父亲住院费报销的问题。但是几天过后，郭奇志发现自己的前妻在相关部门工作。郭奇志担心前妻知道李华跟自己的微妙关系后，以前妻泼辣的性格，误会肯定会更深。以前妻的脾气，弄出一些乱子怎么办？郭奇志想到这些，又有点害怕了，他不想再去招惹前妻，免得引火烧身。

为了避免给李华和自己带来不必要的麻烦，郭奇志无奈地打电话向李华告知内情。李华善解人意，让郭奇志不必放在心上，她自己去办理就可以。

郭奇志很无奈，想想自己明明可以借这个机会讨好李华。二十多年前错过了她，七年前又错过一次，这次可能又是有缘无分了。郭奇志恨自己无能，没有勇气追求自己喜欢的人，他感到很懊悔，这么好的机会又一次溜走了。丽丽曾以开玩笑的口吻调侃过他："你这一辈子就是为了自己的前程。该做的和不该做的，你都没有做好。不知道你在怕什么？你母亲被前妻欺负，你也有责任；老婆离了，还成了仇人；李华对你包容，不计前嫌，你也没有抓住机会，还能去哪里找这么好的女人呢？"

郭奇志认为丽丽分析得太到位了，可是没有办法，他郭奇志就是这样的性格，一切以事业为重，为了坐稳税务局副局长的位置，也只能委屈自己的内心了！趁着还没有向李华明确表白，就此知难而退，给自己留点尊严。

谁也体会不到郭奇志此时此刻的无奈。他明白李华很快就会把自己晾在一边，李华年轻时就是这样对待自己的，李华不是为爱情婚姻放下事业的女人。

李华也确实会这样做，她从第二次婚姻当中吸取了教训。被于平伤害后，李华再也不敢轻易尝试恋爱了。

但时间真是良方，这么多年过去，她已经渐渐学会了沉默与释怀，对那些曾伤害过她的人，也没有恨了，对曾经执着爱过的于平也早已淡忘。

自从那次和于平在广州见过面后，李华就放下了于平。回到老家不久，李华就单方起诉离婚了，她需要为自己再做主一次。在那之后，李华不急着恋爱结婚了，但没有想到的是，当李华事业有成时，向她示爱的人多得是，郭奇志也是其中之一。因此李华对郭奇志的讨好处理得云淡风轻，就好像是遇到了多年前的一个老朋友。李华甚至淡定到没有跟好闺密珊妮提过这件事。说了反而不好，李华是这么认为，有的话永远埋在土里，比风传话要靠谱。李华的生活已步入了她想要的样子，财富自由，精神自由。

第三十五章　那条街上的单身女老板们

在小县城处理完门面的事情后，李华又回到省城去处理退店后的琐碎事务。服装店周边店铺的女老板们纷纷邀请李华到自家店聊天，她们想知道李华的店铺说转让就立马转了出去的原因。

她们也想把店转出去不做这行了，因为经营守店太难了，熬的时间长，业务需求又不足以请员工，经营一个小店，什么活老板都要亲力亲为。

李华先到隔壁小林的首饰店坐了一会儿，帮忙出点主意，也帮忙盘点一些货物。首饰店老板小林说："真佩服你，说转店就果断转出去了，你是怎么做到的？"

李华耐心地说："你也看到了，我把所有的服装都以进货价格加点运费促销出去。还有一部分服装半卖半送给好友、同学、同事。还有一些路过捡便宜的客户，一定要满足他们占便宜的心理，跟他们说只有这一次活动，过了这村就没有这个店了，于是大家都会舍得花钱买实惠的东西。

"当然你这里卖的是奢侈品，不能这样低价促销。你一定要针对不同的顾客人群挖掘出他们的购买欲望。你可以搞买一赠一的活动，尽量将饰品全部清空。这样转让店铺的成本就低了，从而很容易找到租户。像空调这些大件，尽量早点以低折扣卖掉。"

小林说："经你这样一说，我明白该怎么出手了。我豁出去了，折价优惠，买一赠一，这个办法行！"

两人正说着，休闲服装老板欣儿也走进小林饰品店："李华，你转店后，我的店也盘出去了。今天是来退房的，我有一组柜子没有地方放，你要是有地方放就送给你了。我舍不得送给新来的租户，她接店砍价太狠，不想便宜她！"

李华看了看小林问："你需要吗？今后还开店就留着！"

小林推让说："哎呀，人家欣儿给你留着的，你有地库就先放着吧，到时候谁需要谁拿去用！"

欣儿也说："对，先放在你的地库里，你怎么使用都随你便。反正我送给你了。走，快跟我去看看！"

小林说："你快去吧，中午咱们一起吃饭！"

李华跟着欣儿到店里一看，好家伙！竟是如此漂亮的一组展示柜台，黑色油漆木柜方方正正，双层加厚玻璃窗，看着就很结实，丢了确实挺可惜的，放着也真是占地方。

李华拨通前天帮她搬家的搬家公司电话，谈好价格，搬家公司立刻派三个"大力士"过来，花了两个小时将店里的柜子全部移到李华的地库安放好。看到这一切，欣儿高兴地说："你真行！这组柜子愁得我，一个晚上都没有睡好觉！今天晚上我请你唱歌，咱们几个好好乐乐！"

李华处理完欣儿的事情后，出门正好遇到田园布衣的老板娘胡青。胡青跟李华同年出生，开服装店很多年了，她是这条街上唯一坚持下来的女老板，也和李华成了无话不谈的朋友。李华有时想想也觉得奇怪，不是说同行是冤家吗？自己却和这条街上的单身女老板们都成了朋友！

胡青看到李华回来了，赶紧把店关了，过来跟李华打招呼："服装这行你比我经营得还好，干吗转了？你不经商太可惜了。这以后怎么找你玩呀？欢迎你经常回来找我玩，反正我会一直在这里开下去，没事过来坐坐啊！"

李华一手搭着胡青的肩说："放心吧，我会来你店里挑我喜欢的服装，我一直喜欢你这边的服装风格，有民族味道，又有女人韵味！"

胡青笑着说："你们晚上的活动算我一个，我正好有几箱啤酒，我们今晚全部喝完，一醉方休！"

欣儿开心地说："我是准备叫你一起去唱歌的！今天你早点关门吧，七点首义路歌厅见！"

那天晚上，服装街上的女老板们几乎全到齐了。欣儿带上一直帮她看店的单身女友陈君，小林带上追求她的男朋友苏总，胡青带上她的单身女同学，李华带上了两个客户女友——从客户变成了李华的朋友，还有同街美容院的老板娘和店长两位美女。最让人想不到的是，那天有位不请自来的男嘉宾——这条街上的物业管理公司的陈总经理，说一口流利普通话又会唱情歌的帅哥，这可是太助兴了！

那天晚上大家真的是玩尽兴了，个个都尽情高歌几曲。李华真的有些舍不得这条街上的好姐妹。

李华看着抢着唱歌的同行女友们，看起来都那么妩媚性感而富有情调，真不愧是从事服装行业的老板们，各有千秋。苏总和陈总看见她们都竖起大拇指夸奖，陈总说："真没发现这条街上还藏着这么多美女老板！"

陈总上台献歌了："给美女们送上一首老歌《我不想说》，希望美女们喜欢。"

欣儿说："陈总的普通话好听，没有想到歌声更深情好听！"

小林窃笑说："可惜呀，他个子太矮了，我喜欢高个子的！"

胡青低声说："苏总一口东北口音，但是身型却像墩子，哈哈！"

欣儿和陈君同时笑呛，水都喷出来了。

李华指着台上唱歌的陈总说："你们快去跟陈总来几首情歌对唱。每个美女都要上哟！一个不能少，不能漏了！"

小林说："对，唱过瘾！"

李华接过欣儿递来的话筒："我带头，美女们跟上。"李华上台与陈总并列站着，开始唱了起来。两人深情款款的眼神，对角色的投入，让歌厅气氛达到了高潮。

等李华坐下来后，小林在她耳边说："我看得出陈总喜欢你。你们唱歌的时候，真像一对情侣！你不是说他说普通话时声音好听吗？我看有戏！"

李华赶紧小声说："可别这样说，我不可能找一个比我小十七岁的毛头小伙子。"

小林在一旁说："我早就看出来了，以前他总是说'带上几个工作人员到你店里坐坐'。我起初以为是工作需要，后来发现只要是你提出的建议，他公司的员工都会及时照办。"

胡青说："我今天晚上算是看明白了，要不然这陈总怎么会不请自来参加我们的聚会呢？肯定是也想跟李华聚聚。唱歌苏总买单了，陈总说等会儿请大家出去吃夜宵。到时继续喝啤酒，我车上还有！"

欣儿说："本来我是想还李华一个人情，以前总是李华请我吃饭，搞得今晚又轮不到我，那下次唱歌再聚吧！"

李华说："别客气了，你送我那么多东西，哪能还让你请客呀！"

这晚，众人从歌厅散去后，又赶到夜市大排档。那晚上实在尽兴，李华想：我们这些有智慧的单身女人不比谁差，每一个都漂亮能干，单身没有什么不好，依然过得很洒脱！

这条街的单身女老板们陆续都将店转让了，并且从此都过得很有品质，个个是财富自由的行家。据说小林去了新加坡做保健品生意发财了，将女儿接到新加坡读大学。欣儿成了艺术学院的钢琴老师，陪伴着母亲一起生活，业余时间还开办补习班做演出培训，有稳定收入。她还是那甜美的样子，岁月一点也没有使她变老。胡青还在那条街上做着稳定的服装店生意，每天穿着漂亮时尚的衣服，越来越像一个富婆。陈君同一个比她小八岁的好男人结婚了，日子过得很甜蜜。

李华从那个时候起，几乎是每购置一处房产都能挣到钱。除了没有婚姻，李华什么都有了。

几位好友一直保持联系，商量如果老了还没遇到心仪的对象，就选择一个好地方，抱团买房，住在一起养老。李华一直抱着一颗真心两种准备的想法，向往着有真情实意的婚姻生活，但不刻意去寻找。她知道爱情不是一厢情愿，而是两个人心灵的碰撞，可遇不可求。所以她从不幻想不切实际的事，做事还是喜欢脚踏实地。

　　经过一番努力，李华现已拥有了海景房，大都市里有学区房。在闺密珍珍的积极推荐下，两人又做了邻居，在市郊区购置了一栋养老小别墅。两个人平日里各忙各的事业，遇到节假日便约定好在别墅小区碰面的时间。前一段时间，两人按照各自的喜好，对别墅进行了简单装修，框架效果图已经出来了，两人的创意可谓各有千秋。

第三十六章　市中心买下两套精装房

服装店转让出去后，李华抓紧时间置办两处地产，终于赶在涨价之前签订了购房合同。

那是 2009 年三月上旬，比起 2008 年底看房时的价格，每平方米微涨了一百元。李华看中了武昌一套小户型精装修江景房，还有一套精装修小户型房子，位于汉口火车站附近。

当时考虑这两套房子，一是解决女儿上班距离远的问题，二是以女儿名义购买，作为婚前房产。靠转让服装店盘出的资金不够，为此李华要卖掉一套房子。这套房子因为交通便利，距离学校和医院都不远，一挂在网上，就被附近医院的年轻医生订购。

想想还是有些舍不得，但是李华一想到只要卖掉一套房，可以解决两套住房的资金问题，便又下定了决心。

之后，李华心里很有成就感，于是积极推荐家人、朋友们来买房。在李华默默做成功几件事之后，家人自然对李华刮目相看并非常信任。2008 年底，李华动员家人劝说父母早点搬到省城来，这样大家可以互相照应，一起照顾年迈的父母。

小妹听了李华的建议，2009 年春节一过，就为父母买了一套省城的住宅。当时李华态度坚定地说："如果你们不及时出手买，以后涨价了，肯定会后悔呀！"

看中的这套房子，总价一百万之内，一百三十六平方米，地段好，附近有菜市场，还有三大银行。小区正对面就是公交车站，房子对面就是长江，可以说未来很有发展前景。此外，后期地铁站就在此小区门口，小区又多了项增值的因素。

李华推荐小妹成功购房很有成就感，她看到家人购入有升值潜力的房子，比自己得益还高兴。

收房那天，李华正低头帮父母签字拿房钥匙，旁边响起的一个女人的声音吸引了李华的注意，"这套大户型的房子还有吗？"

物业工作人员回答："早销售完了。"

李华抬头看了看这位女士，惊喜地拍了拍她的肩膀："真是你呀，李琳！这么巧，你也买这个小区的房子了？是自己住，还是投资？"

李琳高兴地说："是你呀李华！好多年没见了，怎么会在这里碰到你呀？真是有缘啊！"李琳高兴地指着身边的一位男士说："这是我老公，老李；这是我以前单位的同事，那个时候我们还不到二十岁呢！"

李华说："是啊，一晃几十年过去了。你真有眼光，选了这里。"

李琳说："我已经买了，我想让我弟弟也买一套，在一个小区互相好照应。唉，刚问过，一套房也没有了，只好等二期房推出来，到时候再看看吧。你呢，还好吧，买了几套房？"

李华与李琳聊得没完没了。

李琳说："后面装修你找到了吗？"

李华说："我今天正好约了以前帮我装修过的装修公司的赵总谈这事，你可以一同前往，如果你认为赵总的装修方案实在，你就让他去你家看房，做一个装修方案的报价，你们直接聊。多比较也是好的。"

李琳和老李点头："可以先看看你妹为父母买的毛坯房，带我们一起谈！然后再到你自己住的小户型精装房参观一下好吗？"

李华本来就是热心肠，热心地将装修公司老板赵总推荐给李琳，并交代赵总给李琳最优惠最实在的价格。李琳感到李华一点没有变，还是像年轻时那样阳光友好。李琳也是爽快果断的女人，现场拍板让赵总装修，当天就与赵总签了装修合同。

老李说："我当监督顾问，可以吗？"

赵总说："没有问题，我们就喜欢业主跟我们保持密切联系！我们可以提前商量施工细节等方面的工作！"

李华补充道："没有问题，到我的小户型精装房坐坐喝杯茶，边休息边聊。先谈好装修方案，这样装修就避免了做好后拆，浪费成本！"

李琳了解到，李华家在这处小区已买了一大一小两套住房，出发点是为了方便照顾父母，又不影响各自的生活。李琳也高兴地告诉李华，她弟弟在马路对面的江景楼盘也买了一套房子。两个人见面之后，一直没有停下聊天。那深厚的友谊，让旁边人羡慕。

那天大家都很开心，负责装修的赵总也高兴地说："两位姐姐请放心，我一定把你们的房子当作小区样板间装修！包两位姐姐满意，一定对得起姐姐们的信任！"

就这样，两位多年前的同事、好友做起了邻居，而且是同一栋楼同一单元。李琳住在 2003 号，李华住在 2907 号。

那年李华如愿以偿地置办了两处房产，对李华来说意义重大。不仅在省城为自己安家乐业打下了基础，方便女儿上班，也更方便照顾父母。

第三十七章　英国旅行

　　房子在李华的眼中是大事，离婚之后她很在意房子。在第一次婚姻期间，为将计划性房子变成商业住房，李华需要跟前夫拿钱将房子买下，管钱的丈夫一毛不拔，只丢给李华三个字"没有呀"，就真的不管了。

　　从此李华悟出了钱的重要性，没有话语权的她感觉，如果有一天她连房子都没有了，那她就真的没有家了。

　　从那个时候起，李华想尽办法请朋友帮忙，最终通过银行贷款弄到了钱，顺利地把计划房变成了商业住房，但属于她和前夫共同所有。后来与丈夫的争吵冷战，使李华从骨子里不再依赖丈夫了，由此婚姻也走向了尽头，李华宁愿付给丈夫一半房产的钱，也请求法院判决离婚。

　　离婚之前，李华每月的工资都如数交给丈夫，家庭日常开支都是丈夫在管。可是当需要给家里添置大件东西时，想从丈夫那拿出钱来，永远是没有可能的。矛盾就此激化，三观不同，过日子就会闹心。

　　李华从来没有主动认过输，她好强的性格是被丈夫逼出来的。

每次先是让李华生气，后面又哄李华继续交钱，矛盾日益激化。所以李华厌烦了，她不想要这样的生活，于是有了离婚的念头。离婚后的两年里，两人各自成家，但后来都又离婚了。

李华跟于平的婚姻是基于爱情，这一次结婚李华没有要于平购买婚房但他们的婚姻最终因于平的背叛而终结。

多年后李华反而在心底感谢那些过往，不是那些过往的痛苦，哪有今天这么有能耐的李华。岁月把她打磨成一名坚强成熟的勇士，此时的李华很有成就感。男人和婚姻没有了，李华的事业却蒸蒸日上，每次投资都顺利获得成功。

两套精装房验收完成，短期内的计划已经实现，李华稍稍放松了下来，她决定奖励自己出趟远门，好好地享受美好生活。这回听从女友的建议，李华决定去英国旅行。

2009年四月中旬，李华申请的英国签证批准了。她买好了飞往英国伦敦的机票，这次可真的要一个人出国旅游了。这次出国，徐姐让李华帮女儿带了一套护肤品。徐姐是给李华女儿介绍工作的恩人，大李华五岁，是某单位的财务总监，人好热情，助人为乐。李华与徐姐已有十几年的交情了，两个人都很懂得感恩。

从武汉飞北京再飞英国伦敦，只用了十一个小时。飞机降落在英国伦敦机场时已是黄昏。徐姐给在英国的一位英俊帅气的朋友，一名刚退休的警察艾伦讲了李华度假的事，艾伦主动来机场接李华。

出机场的时候，等待多时的艾伦一眼就认出了李华，手中举的牌子用中文写着李华二字。李华笑了起来，就像电影院里播放的场面。英国朋友以这种老套的方式接到了李华。李华用手机拍了一张合影发给徐姐，告诉她自己已经安全到达。

　　在伦敦游玩一个月后，李华出发前往另外一个城市，去看徐姐女儿。伦敦到徐姐女儿读书的城市，开车要六个多小时。李华自嘲道："这趟旅程要是没有艾伦的帮助，我那点英语水平肯定够呛。"李华打心眼儿里感谢艾伦这位英国朋友，开车将自己送到徐姐女儿读研的英国剑桥大学。

　　在校园中他们找到了等候多时的汪微——徐姐的女儿。李华将带来的东西一一交给汪微，还将艾伦送的一大罐糖果全部交给汪微。艾伦把汪微当作自己的孩子。李华后来才知道，艾伦与妻子结婚后一直没有孩子，艾伦妻子出轨后，两人离婚，从此艾伦身边再没有女人了。李华应艾伦邀请去他家做过客，那是一套两层小别墅。

　　李华来时，正赶上吃饭的点，汪微懂事地带大家到餐馆吃饭。汪微可真机灵，点完菜后，就趁机把账结了。李华吃完饭后去买单，营业员笑着说："单已买过了，你桌子上三个人都来买单，真逗！"原来艾伦也来买过单！

第三十八章　旅行中的创业准备

这天晚饭后，李华和艾伦没有返回伦敦，而是在就近的酒店入住休息了一晚上。

在第二天吃早餐时，艾伦对李华说："我们回程的路上还可以去英格兰小镇，在那里你可以看到穿着格子裙的女人。那个地方山清水秀，还有一些名胜古迹可以参观，你想去吗？"

李华马上说："要是你不累，我们就去吧。只要不多走弯路，能顺道多去一些地方转转，当然是好事。"李华用翻译器跟艾伦交流着。

现在李华跟艾伦已经是很好的朋友关系，彼此熟悉，相处起来很自然舒服，没有任何压力。艾伦很有素质，热情得恰到好处，让李华放松。

想起第一次见到艾伦的时候，李华还感觉这位一米八六的高个子男人有点压迫感，不好相处，艾伦笑起来的时候，李华发现他的两颗门牙有点突出，但彼此不熟悉，不好意思说出来。李华转念一想，自己又不是来相亲的，对方只是接机的朋友，为什么要挑剔对方的长相呢？李华当时就觉得自己有点过分，又犯了以貌取人的错误。女友曾经给李华取了一个外号叫"外貌协会"，就因为李华对外表相貌要求较高，喜欢帅气英俊的男人。

李华想到第一天到伦敦机场时，发现这里没有想象中那么繁华，老旧的公共设施，让李华减弱了来时的兴奋。李华东看看西瞧瞧，和艾伦边聊边走出机场。转了两个弯，经过一处巴士站，那只能站八个人左右。艾伦推着大箱子走在前面，李华跟在艾伦身后问："我们去哪里？"艾伦说："现在去取车，我的车子停在机场附近的酒店停车场。"

李华跟在艾伦身后，有一搭没一搭地用简单英语对话。来之前，李华特意去新华书店买了三本英语小册子，随身携带，恶补英语短句。朋友们也因此称赞李华："真佩服你，拿几本英语小册子就敢去英国，胆子真大！"

李华确实有胆量，这次出国旅游，她可是下了很大的决心。离婚后李华想通了，人要活得通透点，除了工作挣钱，还要享受生活。

李华第一次出国旅游选择了英国伦敦。第一站就去了伦敦的唐人街，吃了一份韭菜肉馅饺子。这里的饺子很贵，三十个一盘，三十英镑，当时的兑换汇率是 1 比 11，一盘饺子价格要三百三十元，在国内两三个人都能吃一顿大餐了。一换算成人民币，李华就觉得有点心疼，但已经点了，总不能退掉。

之后李华每次买东西、吃东西都要先换算成人民币，在心里计算一下，划不划算。

在英国待了两个月，李华已经习惯在英国淘宝，还会到二手市场选购自己喜欢的服装。最初她不知道那是二手店，偶尔经过时看到很多人在买东西，就进去看热闹。一件玫瑰红的旗袍样式的裙子，腰带特别漂亮，很有古典韵味，一下子就把李华吸引住了。

李华用翻译工具问了老板衣服的大概情况，再一看标签，差点没叫出来：我的妈哟，这么便宜，只需六英镑！换算成人民币只需六十六元，太值了，李华立刻买下。

那天李华买了很多衣服、包、鞋子，最后才发现那是家二手杂货店。李华没有想到，在英国二手店买东西的人，多数是英国人。

李华常常把日本女人看成是中国女人，有几次上前用中文问话，结果别人谦和地解释道："我是日本人！"认错几次之后，李华再也不好意思随便搭话了。世界真大，英国之行让李华开阔了眼界！

在艾伦的帮助下，李华报了当地旅行团，周游英国各大景点和皇家城堡。每个游客胸前都挂着卡牌，拿着导游小册子，全程跟从举着小彩旗的导游，住酒店也都是旅行团安排，很方便。据说李华报的旅行团是当地最好的旅行社，费用比其他旅行社高一点，但是服务信誉第一，到哪里都有巴士接送。

这次长假旅行，又燃起了李华的创业热情。她看到英国人家里的门窗，还是中国人很久之前使用现早已过时的白色塑料铝板制成，窗型设计还很老套。出国之前就有一位东北朋友想跟李华合作，开一个门窗工程有限公司。准备由李华接活，签项目合同；东北朋友负责材料的购进，工程施工队伍合作等工作。这个创业计划只谈了开头，因为李华很犹豫要不要投身到不懂的行业。李华行事谨慎，准备有周全的计划之后再答复东北朋友。

这次出国虽然是旅行，可李华总会情不自禁地关注各种房子的门窗造型，也将各种家具配搭一并拍照保存在手机中。这次旅行变成了创业前的市场考察，还将照片在英国当地全洗了出来，李华怕手机内存不够，这样保存放心。

李华想好了，回国后就跟东北朋友好好谈谈投资门窗公司的事。她已经有主意了，自己主要负责销售、洽谈业务。技术、公关、工程施工方面，都交给懂技术的东北朋友。

一旦有了创业的思想，李华的英国之行就闲不下来了。后期的一个月旅行，李华几乎走到哪里都会记录下那个地方的房屋建筑情况，拍下各种各样的门窗造型。连旅游景点卫生间的门，酒店大厅的门，只要造型特别，她都会选择一个角度拍下来。

这些举动让艾伦很是好奇，他问李华："你这是要做门窗相关的生意吗？"

李华笑着回复："我想把这些漂亮的图片保存，带回去作为造型参考，对那些要求具有西方韵味的房屋，我们就能提供有西方特色的门窗产品，肯定会有市场需求！"

有了投资的大方向，李华就有了主见，她关注新闻，关注各个城市的信息。机会是留给有准备的人的，英国的这次旅行打开了李华的思维，开阔了眼界。

李华专注看图片的神情吸引了艾伦，他开口询问："你能留在英国吗？我可以帮你留下来！"李华抬头看看艾伦，他一脸认真的表情。李华感觉有些意外，她不好意思地说："我英语不好，在中国，我有事业和家人，我也不适应英国的饮食习惯，我更喜欢中国的生活。我只是来度假放松，并不打算长住。谢谢你的邀请。如果你有机会去中国旅行观光，我当你的导游！"

李华把心里的话一口气全部说了出来，一点都不掩饰自己的真实想法。这或许是艾伦欣赏她的原因，纯粹而坦诚。艾伦也不知道从什么时候开始，自己对李华的情感已经悄悄地从喜欢变成了爱。这种情感已默默藏在艾伦的心里很久了，艾伦也不知道为什么自己今天敢表达出来。

察觉到艾伦微妙的情感变化之后，李华只得提前结束英国之行。她有很多事情要做，现在根本不可能有时间有心思谈情说爱。她对爱情怕了，她不想再受到情感的伤害。她目前感觉做一个快乐的单身女人真好，什么都是自己说了算，自由自在。

离开伦敦机场的那天，下着小雨。艾伦很绅士地帮李华搬行李箱，又买了一些路上吃的水果，还悄悄地放了二百英镑在李华的包里。进安检后李华才发现艾伦依依不舍的眼神，李华只得低头躲避艾伦的眼神，她明白自己不能给予对方爱情，这场爱来得不是时候。李华装作轻松，向艾伦挥挥手，立刻转身离去。她在心里祝福艾伦会遇到属于他的幸福："再见了，艾伦！你是好男人，可我给不了你爱情！"

第三十九章　创办门窗公司

李华风尘仆仆归来，与东北朋友肖总一拍即合，马上开始紧张筹划起门窗工程公司。火速地准备了两个月之后，公司开张了。

李华给公司的第一份见面礼，是她洽谈下来的一个办公大楼工程。将客户介绍给肖总后，技术方案等都交给肖总去跟进交流。预审通过后，将由肖总安排施工队伍进场。安装工期共四个月，工程款按进度结算，进场首付百分之三十，结束后付尾款，预留百分之五的维修保证金。合同简单明了，力争以效率质量获得信任，以确保第一单工程顺利完工。

肖总非常高兴，他没想到李华从英国旅行归来后就马上投入了工作，这说干就干的魄力，真不是所有女人能做到的。李华已经忘记了自己是女人，除了与甲方跟进收回工程款，还每天跟肖总一起去工地，有时跟工人一起吃工作餐，那一身迷彩裤配白色上衣，看起来英姿飒爽！

工人都服她，肖总也佩服地说："咱们爷们儿怎么都听娘儿们管呢?"一口东北口音的肖总话说完，工人都笑了。有的扮鬼脸，有的嘟嘴，有的直接喊："只要李总来了，就会给我们改善伙食，加菜，肖总就知道吼我们干活！"

肖总说："大家把这项活干好了，我请大家吃酸白菜炖排骨，还有饺子，再整两瓶二锅头，怎么样！"

工人齐声说："好嘞，到时候好好喝一杯，现在咱们干活去！"

说实话，这帮施工人员，还真没话说，个个技术过硬。甲方有时候没有如期结账，资金周转不灵，肖总总会想办法周转资金，从来不拖欠工人工资。

这也是这支队伍愿意跟着李华和肖总干的重要原因。这是一支让人放心的施工队伍，公司分工明确，责任到岗，协调合作好。人手不够的时候，肖总会与工人同吃同住。周末或遇到重大节日，肖总会把工人邀请到公司来吃饭，改善伙食。

李华肯定是被邀请的人之一。本不吃香菜葱花的李华，已学会了香菜蘸酱，小葱蘸酱，大葱蘸酱，按照肖总的话说："李总已习惯我们东北伙食了，这才像带好这支农民工队伍的领导啊！"

的确如此，李华没有架子，工作作风随和，生活上关心工人，让工人感觉亲切。在公关方面肖总充分发挥东北人豪爽的性格优势，用东北口音讲笑话段子，像当时电视里的小品演员小沈阳一样，把甲方领导哄得开心，公关费花得少，还把合同给续签了。打那以后，李华去见甲方时都带上肖总，后续工作交给这位军人出身，比李华小十六岁的肖总跟进，两个人合作得愉快默契。

在某个工程完成时，李华鼓动肖总说："你将来会向千万资产进军，我只要达到一半就行了！"

肖总突然想起来一件事："听说，黄冈有一处地方，有个大胡子的大师算命很准。我们今天去结算工程款之前，去探路问问算算，你觉得怎么样？”

李华瞪着肖总说："我看算了吧，算命这套你也信？今天还是早去工程部找到盛处长，把申请结算的工程款报告递上去。顺便问问盛处长有什么要求和困难，还有那主管我们质量的李处长，一定要跟她谦虚地问问结账情况。具体先找谁，你要机灵点随机应变。我去会计那边了解一下具体工程的结账情况，据说有七个施工队伍需要甲方结算工程款，如果这批计划没有报上去，领导没有签字，我们还是拿不到工程款，这是燃眉之急。"

肖总说："好的，这是大事。下个月过节还要发工人的过节费，还有铝材的款项，厂里也要跟我们公司结算了，结一批才能进下批的铝材给我们。"

李华深呼吸了一下，说："我当初怎么就听了你的话，步入了我不懂的行业，还真开了公司。想到这么多人际关系要处理，我真累了。我干这行才接近一年，却像老了五岁。你是爷们儿，又懂行，你多操点心，我全力配合你的工作。"

肖总调侃道："又拿我开涮，跟你开公司，我是你的专职司机，又是执行总经理，又是跑腿的，还是公关部经理，你真会用人啊，可把我累死了。就这么干吧，谁叫俺是爷们儿呢！"

肖总说归说，做任何事真不让李华操心，遇到事商量着办，细节上比女人还细心周到。甲方李处长就很欣赏肖总，喜欢这位属马的东北小伙子。那一期的工程款如期结算，真是解决了大问题！

第四十章　三年艰辛

工作步入正轨之后，李华和合作伙伴肖总一起干了几个有模有样的好工程，在省三镇几个重要的地标性建筑都有他们公司的门窗项目。陆续有几个大开发商跟李华公司联手合作。

肖总在辽宁找到了一家大型民营企业作为铝材主要进货商，由于信誉好，结货款及时，厂方给予李华公司较大的合作优惠条件。这正是李华愿意看到的，大家共同致富，共同发展，共同谋取最大的合作利益。三年来，肖总与李华的合作一直很愉快，从来没有在利润分配上闹分歧。

很快到了公司成立三周年纪念日，在庆祝酒会上，肖总用一口东北乡音，激情澎湃地说："我其实不会说正经话，大家平时对我说'你在哪里干，我们就跟随你'，我听了真的很感动。大家对我这么铁，我心里真的很感谢。我不会表达，我就是一个军人出身的粗人，在过去的三年中，大家给了我很大的支持和帮助，让我在最困难的时候，顶了过来。

"这一路走来顺畅，还得感谢我们公司李华李董事长的大力提携和帮助。在公司起步最难的那年，我心里一点谱都没有，是李董给我们拿到了第一项工程；后期在我们公司面临资金掉链子的危急时刻，是李董求助甲方及时预拨了我们公司的工程回款。那真是及时雨啊，回来的钱都用在工人的工资发放，原材料的结算，厂房租金，水电等方面。记得那个时候，我们剩下的资金，刚刚够支付那年团圆饭。

"可李董从不叫苦埋怨。李董说，'困难是暂时的，开年初八大伙就上班，干好已签合同的项目工程，就会拿到进场首付款。我们确保质量，让甲方放心，钱的事就不用操心了'。大伙知道吗？我就是从那刻起，下决心跟着李董干。今天借此机会，把这话说出来，以表示对李董的感谢！我就说到这里，现在有请李董给我们大伙讲话，大家欢迎！"

当年算上施工队伍，公司共三十多人，人数不算多。会场设在江边的威斯汀酒店小会场，之前只有和甲方签合同时才来这个高级酒店，今天却把同心协力一起打拼的工人师傅们请到这里，这是很有意义的举措，就是要与工人们有福同享，鼓励大家跟公司同甘共苦。

会场中响起热烈的掌声，李华作为公司法人代表，有准备在这个场合说上几句话，但是没有想到的是，肖总真会说话，一下让李华感动，一时忘了准备好的发言稿，脑子一片空白。在欢呼声中走向会场讲台上的李华一个劲地想，我将哪一句话当开头呢？

李华边想着边慢慢地调整话筒，她抬头扫了一眼台下的人群。在那一刻，她看不清谁是谁，只知道人们在等她发言。"天啊，怎么会这样紧张！"但李华转念一想，就当是平时和工人聊天唠嗑说上一段吧。"对，就从这开头！"李华放松了心情，话筒扩出一段感人的真情流露：

"大家好，本想给大家做一个总结，结果肖总的话太过感人，我也因为感动乱了思路，忘记了原来打算讲的内容。现在我想到哪里就说到哪里，说错了大家别往心里去。

"首先我得感谢肖总，说服我加入了公司，硬是把我这位门外汉培养成这支专业门窗队伍中的一员。在大家的努力下，这三年工程合作中，我们看到了希望和发展前景。最让我感动的是大家善良、勤劳、坚毅的工作干劲，大家有一股不服输精神。看到工人师傅们在施工现场没有怨言，默默地付出，如期完成所有的安装任务，我才有充足的底气和信心去跟甲方商谈，递上工程回款申请单。

"比起工人师傅们的辛苦劳累，我的工作显得微不足道。在此感谢大家对我的抬爱和理解支持。因为有了大家的同心同德，才有了我们公司今天的发展形势。一句话两句话表达不出我的感谢之情，只有借此酒向在座的全体同仁表示最真挚的祝福。祝大家健康快乐幸福，心想事成，万事如意！干杯！"

这三年来，随着工程项目的每年递增，李华的责任越来越大，没有一天休息时间，逢年过节，工人们可以放假，可李华却放松不下来，她还得考虑公司更长远的发展。

那一年的大年三十，李华坐在电视机前看《春节联欢晚会》。好像是李华成立公司后第一次这么惬意，她在客厅的沙发上懒洋洋地躺着。难得可以这么放松地在自家享受这种惬意时光。

买到这套房时，肖总说服李华，安装上了地暖。李华为了省天然气，一直舍不得开地热暖气。真没有想到那一年春节，湖北武汉这座火炉城市却迎来了一场大雪，天气出奇地寒冷。李华不得已开了地热暖气，感觉真舒服。

大年三十这一天只有李华一个人在家，女儿到她亲爸那里过年去了。这是女儿参加工作后，第一次受到她爸的邀请。在去看爷爷奶奶之前，女儿对李华说："爸爸打电话告诉我，爷爷奶奶想我去他们家吃年饭，妈你说去不去呀？我听你的！"

李华想了几秒钟后反问女儿："你是怎么想的？这么多年没有来往了，你是不是想去看看？你把真心话告诉我。"

女儿小心翼翼地看着李华说："听爸爸的语气挺好的，说做了很多我小时候爱吃的菜，想让我和你去吃团年饭。还说爷爷奶奶老提你多好，爸爸说奶奶指着墙上那张你抱着我的相片说，你是很好的媳妇，她儿子没有福气。我想去看看爷爷奶奶。"

李华想了想，女儿去看望老人也在情理之中，便对女儿说："你去看看吧，把我单位分的油和家里的两瓶好酒带给爷爷奶奶。另外有两件本打算送客户的羊绒衫，你拿给你爸爸穿，但是千万别说这些都是我给的，明白吗？别提我名字就好。"

女儿高兴地说："好，但是你一个人在家过年吗？不如我们一起去，怎么样？"

李华说："你去就行了，我去算什么事儿？"

女儿知道李华很固执，便不再劝说。

大年三十下午，女儿早早就出门了，李华独自待在家里，将手机调成静音，好好享受这一份宁静。电视机一直在播放，李华却不知道什么时候睡着了。那一觉睡得很香，没有人打扰。

大年初一，李华被敲门声吵醒，打开门一看，原来是肖总带着爱人和任项目经理的小舅子来给李华拜年了。"李姐，我们一家人来给你拜年了，新年快乐，恭喜发财，万事如意，顺风顺水！"

李华听后感觉特别亲切，心里暖暖的。

肖总一家人全部穿着红色外衣，围着红色围巾，一派喜气洋洋的过节打扮。

李华连忙招呼他们进屋："快进来，外面冷，里屋暖和。一家人红红火火地过节！"

肖总爱人说："李姐，新年快乐。这是我家的土特产，黏米圆子，还有苹果，寓意平平安安。"

小舅子边往客厅走边说："李姐，这地暖效果挺好的，今年冷，真用着了吧，那年我们劝你安装没有错吧？"

肖总接话说："你大姐舍不得享受，今年下大雪，这是第一次打开吧？"

肖总一家人正坐在客厅喝茶聊天，李华女儿回来了，进家门就喊："呀！这么热闹，我还以为我是第一个赶回家，给我妈拜年的人呢！肖总好，大家好！谢谢你们来看我妈妈！"

接着又对李华说："妈妈，这是爸爸给你做的川菜，知道你喜欢这口味。奶奶用瓶子装好，让我带给你吃。还有这是爷爷给你的暖炉，这是姑姑给你的手套，说有时间一起聚聚！"

女儿一口气说了一堆话，都是婆家亲人的关心和祝福。李华心里感动，眼睛也湿润了，她没有明显表露出来，对女儿说："你玩得开心吧？快去洗完手，一起吃肖总亲手包的团圆饺子。"

李华这个年过得很难忘也很快乐，女儿把李华以前怨恨的心结打开了，把亲情又系了起来。那年正是公司创建的第三个年头，一切向好的方向发展，李华忽然感觉，这十几年的委屈已经释怀了。

第四十一章　退居幕后

　　这几年李华做工程过得很充实，认识了不同行业的高端人士，学到了不少在学校里学不到的知识。在这鱼龙混杂的社会中，一步步成长。

　　当李华遇到男性多的应酬时，基本上都由肖总陪同。她知道肖总有公关能力，他能应付自如。李华看到肖总的能力已经超越了自己，便开始打算退至幕后，由肖总挑大梁主持工作。她计划这次工程合同由肖总签订，作为公司的新年贺礼。也想在这次交接之前，找肖总好好谈一次，将公司股份全部转给肖总。李华打算彻底放权，自己就专门跟进工程扩大业务，以销售铝材为主，配合肖总运作整个公司。

　　经过三年的超负荷工作，李华已经身心疲惫。夜深人静之时，李华泡完澡后，为了改善睡眠，有时候临睡之前会喝上一杯台湾老板卞姐送的红酒。看着镜中消瘦的脸，李华决定，等这次工程结束，获得分红后一定要对自己好点。

　　大年初八，李华公司就与甲方同时进入施工现场。安排好工人，又将任务交给肖总的小舅子后，李华将甲方的有关管理人员邀请到当地一处有名的足疗城，娱乐放松一下。一是感谢他们去年的支持和配合，二是为肖总做好来年业务上的衔接，将甲方的关键领导推荐给他认识。

邀请的领导都到了，当时公司只有一台二手奥迪车，接送都是肖总一个人。李华联系了一辆长期合作的商务出租车，对司机说："你负责送你接来的这些领导，记得每个人都要送上预先准备好的礼物包，要送到他们手上。"

李华交代完司机，又去叮嘱肖总："你去陪爱唱歌的领导们唱歌吧，我陪李总还有出纳夫妻去足疗。咱们就这样分工，一定别谈工作！切记，就是放松！"

初八这天，大雪纷飞，是往年从没有过的冷。大雪压弯了树枝，堆积成团，远看像绽开的白色的花，屋顶上的雪已是厚厚的一层，马路上的公交车，很慢很慢地行驶着。

李华选择了李总旁边的躺椅坐下泡脚，热水的温度刚刚好。李总对李华说："李总你实在太客气了，这次工作上有什么想法，需要我帮忙的地方你尽管说出来，我会支持你们的工作。"

李华说："有李总这句话，我很感激。今天就是让大家好好放松，也是感谢大家对我们工作的支持。以后公司这边，肖总会请教您，请多多关照！"

室内的暖气真足，个个满脸通红，享受着足疗带来的惬意。李华先退出足疗室，提前结束自己的足疗按摩。她悄悄地对技师说："别打扰他们，如果做完了，请让领导们躺下休息，别吵醒他们。中途将小吃放在茶几上就退出来。"

叮嘱完服务员后，李华和肖总还有出租车司机都在大厅候着。

领导们出来后，按事先安排的那样，肖总把他接来的领导请进自己车上。出租车司机把他接来的领导请进出租车上。李华跟每个领导打了招呼，握手告别，然后送上车。

车子离开后，李华看了看时间。还有十五分钟就到晚上九点半了，还有最后一趟公交车可以直达李华居住小区。

想到这里，她立刻打通肖总电话："肖总，是我，你不用吱声，我说你听。今天太晚了，而且路滑，你注意安全。你把领导送到家之后不用赶回来接我了，我可以自己乘公交车回家。你完事后，直接回家。"

电话挂断后，李华迅速向门外走去，深一脚浅一脚地踩在雪地里，一不小心摔一大跤，赶紧爬起来，还好没有路人看见她滑稽狼狈的样子。风刮在脸上，有些刺骨，没几分钟，李华就被雪裹成了一个雪人，很可爱。到了站台，车还没来，李华在站台上等车。

公交车晚到了十分钟，于九点四十分到站。李华走上公交车后径直走到最后一排的一个角落坐下。随着车子的颠簸，她摇摇晃晃地睡着了。

不知道过了多久，公交车报站："彭刘杨路站到了，下车的旅客，请依顺序从后门下车。"李华惊醒了过来，下车后望着路边的高楼想着："终于到了，今天太累了，明天一进公司，一定跟肖总谈谈交接的事情。"

到了第二天，雪照样下个不停，公司的员工基本上还沉浸在节日气氛中。李华早早地坐在自己的办公室和肖总进行谈话。肖总知道李华的性格，她决定的事情肯定是考虑得很成熟了，才会对他说出来。双方都开诚布公地交了心，肖总很舍不得地说："我理解你退出公司的打算，但是能不能永远当我的顾问，有好的人脉继续帮忙引荐？接到的工程项目，我们还是按公司规定奖励到个人，以与甲方签订的合同为准，你看怎么样？"

李华笑着说："我就知道你怕我卸掉担子不管你了。不会的，我会一如既往地帮你洽谈好的工程项目，向甲方引荐你。具体事项和工作安排由你来决定，我不再插手公司的任何业务，只配合你签订业务合同。至于个人奖金，就按我们以前定下的规矩为准。"

李华彻底悟透了人生哲理，当财富达到自己预期的水平时，还有比拼命挣钱更有意义的事情。这个阶段的李华，只想放慢脚步，冷静地思考一些问题，把生活过得更有意义。

后来的一周里，这座城市终于出太阳了，阳光洒满大地，积雪逐渐变成水滴，从树叶，树枝，石头缝中流进土地。趁着大好天气，李华跟肖总顺利地办了移交手续，公司法人那栏表格上填写了肖总的名字。肖总满脸羞涩地笑着接受正式移交文本，李华轻松高兴地说："无官一身轻啊，真的可以去报名好好学点自己喜好的东西了。"

李华的脑海里已经有了下一个学习目标，她这一生都没有放下的文学梦想。李华将已写好的邮件投进了附近的邮局信箱，那是一份报名学习的书面信函，李华要参加北京人文函授大学写作班。这将是一个新的台阶。李华内心萌发一种动力，该是学知识打基础实践写作的时候了，现在开始应该也不算晚。

第四十二章　开拓红酒销售市场

　　20 世纪 90 年代李华所在市主抓招商引资，闺密珍珍单位正好负责洽谈跟进外企落实项目。珍珍很有责任心和组织能力，为了尽快让外企在内地将业务开展起来，除了正常工作时间接待这些外企老总和相关负责人，周末或节假日也跟他们组织一些联谊活动。珍珍常说这份工作不分工作日和休息日。

　　台企卞总夫妻是珍珍主要服务的对象之一。珍珍为他们做了很多力所能及的事情，娱乐活动时也常常陪伴在他们身边。

　　活动中说是不谈工作，但是有领导在场的时候，卞总不经意就会问一些优惠政策，有时候就成了现场办公。卞总是一位很有智慧，也很有魄力的女老板，她跟丈夫来到大陆投资，相关的重要事项也是她说了算。

　　那年卞总六十岁，珍珍和李华只有三十多岁，正是干事业的黄金年龄。她们是卞总喜欢的女性类性。卞总曾经在市长面前说过："感谢领导这样照顾我们台企，又安排这么得力的美女们配合我们的工作，我很放心把企业引进本市，进行下一步的投资。"

　　李华就是那个时候认识卞总的。后来李华的服装折扣店在省城开业期间，卞总打听到了，还亲自去"莲湖缘"服装店请李华出山，邀请李华到省内外多个城市打开红酒销售市场，拓展业务。

当时李华已身兼数职，因此没有答应卞总的请求，只是说："我会在需要用到红酒的场合，帮卞总推荐，无偿服务。等我忙过这段时间，定在节日之前帮卞总促成几单，卞总您看行吗?"

卞总看到李华确实分身乏术，话都说到这份上了，也没有勉强。况且李华已经答应帮忙推荐，卞总也算是有收获，她很感激李华的帮助。在那之后卞总不时约李华小聚，维系感情。李华当然也是处处为卞总留意红酒业务，所以每次与卞总小聚时，李华总会约上几位不同职业的好友，介绍给卞总认识。

李华将门窗工程公司转让给合伙人肖总时，心中其实对未来事业的方向已做了安排。她没有忘记卞总夫妻俩充满诚意的邀请，也没有忘记自己销售过保险，做过批发站主任，与客户打交道是李华的强项。珍珍常说："会做人，就不愁没有事业。"

珍珍在卞总面前曾说过："我把李华介绍给您认识，保证您以后会当她是个宝。李华是个人才，是销售冠军，脑子反应很快。最主要的是她总为对方着想。大家都喜欢跟实在人做生意，跟她合作一定不会吃亏。卞总，您现在已把家和公司安在了武汉，李华也在武汉，这真是天时地利人和啊，缘分啊！你们联手，一定能把红酒推向更多城市！"

卞总激动地说："谢谢你帮我引荐李华好妹妹。不管李华来不来公司就职，我都将李华作为我公司的长期合作伙伴。我不要求李华早九晚五的工作时间模式，她在家在外电话办公都行。"

李华的父母搬到省城生活之后，李华找时间回了趟老家，把给父母买的那套闲置房子卖掉。

为了推广卞总的红酒，李华决定先把红酒送人免费品尝，或者当礼物送给合作伙伴。

这次回老家，她临时想到一位朋友，银行支行的高行长，他知道哪些客户有买房的需求，也有买房的经济实力。打通高行长的电话后，高行长说了几句客套话："李总这次回家乡有什么好项目呀？别忘了告诉我一声哟！"

李华认真地说："还真有一件事，你可以帮到我。"

高行长也认真地说："什么事？只要我能办到，一定帮。"

李华接着说："好的，下班后请高行长在凤凰路那家茶楼聚聚，好好谈谈。如果你身边有经济实力雄厚，又需要买房子的朋友，也可以一起带到茶楼来，边喝茶边聊。"

高行长想了想，立刻回复："还真有一位做生意的朋友想买房，因为他想让孩子在城里上学。我可以请他直接到茶楼跟你谈。他有钱在我行存着，房钱应该没有问题。那等会儿我联系好，下班直接茶楼见！"

高行长人很朴实热情，干到今天这个职位上，全靠良好的服务态度，以及精湛的业务能力，在行里储蓄任务完成总是第一名。他把客户当朋友，帮助他们解决困难，因此客户也愿意支持他的工作。李华就是在办业务的接触中，了解了高行长的为人。

李华回到家乡，喜欢去离茶楼很近的一家美容院做两个小时的放松项目，包括面部保湿和颈部护理，然后在那里美美地睡一觉。因为平时回来办事，中途又不想麻烦朋友招待，她就到美容院消遣时间。李华与珍珍约定在美容院见面。

　　三个小时很快过去了，做过美容的李华精神很好，美容师的一双小手在脸部肌肤上抚摸，真舒服。

　　珍珍也来了美容院，做了一个小时的项目，随后李华把此行来的目的说了一遍。珍珍二话没说，把李华带到自己买的一台七座新车前，高兴地说："这台车以后是接你的专车，只要你回老家，我就来接你。另外买这车主要是帮卞总做点红酒推销，方便自己送点货。我自己还有别的工作，不能像你一样全职做红酒生意。"

　　李华说："这倒是很好的主意，我还想着你怎么买了辆这么大的车。现在明白了，你不经商下海真的是浪费人才。"

　　珍珍说："我们单位又没有你单位那样好的政策，我必须干到五十五岁才能退休。我只是给做餐馆的朋友带一点卞总家的红酒，不像你，一拖就是四十箱。今天卖完房子，打算再卖多少箱酒？"

　　珍珍的这句玩笑话还真提醒了李华，她灵光一闪想到了一个好主意！

第四十三章　多赢方案

　　傍晚六点钟，李华和珍珍坐在茶楼靠近窗户的座位上。刚点了一壶水果茶和零食水果拼盘，高行长就来了，一起来的还有一位满面笑容的中年男子。高行长向李华介绍："这是我的朋友刘老板，今天带来跟你谈谈买房子的事，一起喝茶聊聊！"

　　李华向高行长及刘老板介绍了珍珍，这场面像是在正儿八经地谈生意，李华忍不住暗自笑了起来。刘老板说："能把房产证给我看看吗？"

　　李华从包里取出来，递给刘老板说："我喜欢刘老板这种办事风格，直截了当！"

　　高行长也补充说："刘总就是这种性格，要是今天谈妥，明天就可以照程序走了。等会儿可以看看房子吗？"

　　李华拿出钥匙说："行，没问题！"

　　"刘总在哪里高就，开了什么公司？"珍珍从侧面打听刘总的情况，想知道他是什么公司的老总。

　　刘总边看房产证边答："我就做点钢材、建材生意。"接着又对李华说："面积可以，这房子是顶楼？夏天会不会很热呀？听高行长介绍了你小区的情况，我感觉还不错，我确实也需要买一套房子。如果看完房子没有问题，我就买下。至于价格，我给出五十二万，你看怎么样？"

李华之前报出的价钱是五十四万，听到刘总一下砍了两万元，李华沉默了一会儿向高行长笑着说："高行长，你没有告诉刘总总价吗？"

高行长说："我已经把你的报价告诉了刘总。至于成交价格，你们俩直接谈，我不介入。"

刘总接话说："我这边想法很简单，你李总照顾一下，我们也省了中介费。如果你同意，我也是爽快人，看完房马上给你两万定金，怎么样？我知道李总你也忙，能尽快成交对你也有好处。"

话都说到这份上了，珍珍看了李华一眼，接着喊服务员："点餐！"

服务员热情地问："各位想吃那哪种煲仔饭呀？这是我们茶楼最新推荐的菜品图片。"

高行长拿出一张优惠卡递给服务员："用这个卡结账！你们想吃啥尽管点！"

刘总笑着点了宫保鸡丁煲仔饭，高行长说："我要一份牛排加一份水果沙拉。"珍珍要了一份鱼香茄子煲，李华叫了一份红烧鱼块煲仔饭。

在这期间，珍珍用眼神告诉李华，这样的价格是合理的，目前本地二手房价就是这个行情，可以成交。

在心里评估了几分钟后，李华调侃道："哎呀，刘总真会砍价，把中介费都直接减没了。您是高行长的朋友，第一次见面，谈生意也爽快，就按刘总的意思，吃亏上当就只有这套好房子了。现在大家都是朋友了，以后还得多多照顾我的红酒生意哟！就这么定了，卖给你了！"

刘总听罢，立刻拿起一杯啤酒对李华说："为成交干杯！"高行长也拿起杯子，还有珍珍一起仰头喝完杯中的酒！

高行长放下杯子说："这是我处理过的最轻松的生意牵线，两位老总真是爽快！今天我就多说两句。李总虽然是女士，可谈事做派不比男人差呀，我佩服，来喝一杯！至于红酒推荐的事情，还真可以请刘总帮忙推销！这个忙，你刘总应该帮，人家李总一下子让你两万元。"

高行长使出了激将法，刘总只得表态说："我愿意试试，正好春节之前可以弄一批，送关系户先喝，看看效果怎样。"

李华想了想说："高行长是这样的，我之前说过，谁帮我卖掉房子，中介费两万元就给到谁。没想到中介费让利给刘总了，也好，肥水不流外人田，现在咱们都是朋友了。但高行长牵线促成了房子买卖，一点好处也没有得到，我于心不忍；现在还帮我牵线搭桥让刘总帮忙推销红酒，这情分太重了。我想这样处理，等房子办完过户手续，房款到位，房子马上移交。我会在春节之前，先送四十箱红酒给高行长和刘总，送关系户品尝的红酒算我的怎么样？"

李华送红酒开拓市场的大胆做法，让珍珍长了见识。常听李华说舍不得羊就套不住狼的促销法，李华今天给她用实例上了一课。

后面的事情也很顺利，李华的房子赶在春节之前成交，年前收到了百分之五十的房款。李华用红酒答谢高行长雪中送炭的帮助。李华心想，这比送两万元红包更有好处。第一，请高行长帮忙开拓红酒市场，可先以给供应商铺货铺垫为由，让高行长无压力收下红酒；第二，春节之际，是许多人情往来需要送红酒的最佳时机，可以顺便帮卞总拓展多层次的销售平台。

当珍珍跟卞总说了李华自垫四十箱红酒送朋友后，卞总对李华更加赏识。卞总对珍珍说："李华上次还自己垫付一万元的红酒款，带着好友的儿子学做红酒生意。那一批红酒赚得的利润，都给了那位好友的儿子。后来小伙子继续进了几批红酒，挣到了人生第一桶金。李华的好友，那小伙子的妈妈，后来成了李华女儿的干妈。我真佩服李华的为人，她有大智慧，她不仅挣了钱，还赢得了友情。"

那年元旦，卞总夫妻把李华发展起来的做红酒业务的朋友全部召集起来，不光组织大家聚餐唱歌，还赠送高档的新红酒产品，卞总公司向李华还了一个大人情。

李华那一年硬是把零散的红酒生意做活了，例如美容院老板搞活动，李华建议给办会员的顾客送红酒；对于举办宴席的场所，也将红酒以批发价出售给举办方，让其获得红酒利润差。

卞总有天接到美容院老板琴琴的电话："卞姐姐，李华让我直接找你，我今年春节要预订三十箱红酒做活动，可以按和李华一样的价格给我们吗？"

卞总回答道："李华说了算，就按这个价钱给你。只不过要算李华的销量，才能享受这个三级批发价。"

琴琴高兴地说："谢谢卞姐姐，难怪李华这么帮你又帮我。你们俩真好！到时候来我们美容院，免费为你做项目！我们下个月将在中南二路开一家分店，规格档次更高。我现在先口头邀请您，到时候一定来享受会员的高级服务待遇。一定让您满意！"

李华早就成了琴琴美容院里的终身高级会员。李华在外打拼累了，或者从外省送红酒回来晚了，都会在琴琴的美容院做几套项目，如洁面、护颈、提臀、丰胸等，做着做着李华不知不觉地就睡着了。有时候是中午到店，晚上七点才出来，睡了几个小时的李华，恢复元气，精力充沛。这也是李华的一种放松的方式。女儿干妈对李华说过："我就是欣赏你这点，对朋友都大方，对自己也舍得。不像有的女人，当守财奴。对自己都不舍得投资的女人，哪会舍得对别人好！"

同学惠平和珊妮曾经亲自看到李华的一张美容院会员卡值十七万元，差点没惊掉两人的下巴。她们羡慕李华有实力也想得开。

李华做红酒销售那些年，红酒销到美容院、餐馆、三级批发站，还将卞总的红酒市场拓展到了省外，遍地开花，此外李华还带出了不少做红酒销售的女性朋友。

第四十四章　长期聘用

卞总在湖北省这几年的红酒销售中，看中了李华的义气，以及踏实的作风。李华每笔业务都是自然成交，从没有强迫销售，而是多从细微处，替对方从节约成本等方面着想。她还帮助几个没有工作的年轻人走进社会，学会推销自己。他们在赚得第一桶金后，获得了经商的自信，学会寻找适合自己的创业天地。他们懂得了工作挣钱不容易，也看到了父母的辛苦。

李华关心后辈们的成长，手把手教会他们做生意，让他们熟悉进货、送货、押货、结账等各个流程，学会利润分配，也教会他们挖掘新的需求人群。他们将第一笔资助本金，变成了本金加利润，然后再进货再赚钱，像书中所说的成功的经商模式那样，滚雪球一样使利润增大。

卞总不想失去李华这么好的朋友，她既是销售高手，又是公司最得力的合作伙伴。卞总与丈夫商量，决定长期聘用李华为公司的销售人员，兼职或专职由李华根据自己的时间决定。

李华明白自己最需要什么，目前的生活状态适合什么样的工作。这些年来李华也体验过多个行业，在每个行业中她都不恋战，服装店生意正旺时，她能果断地将店铺转让；门窗公司生意兴隆时，她也舍得将公司转让。她知道不能一味地去追求金钱财富，而忽略了自己的精神需求。

她需要用丰富的生活来滋润梦想，她需要放慢生活的脚步，她需要更多的时间做一些更有意义的事情。红酒销售是目前最适合她的工作，在做红酒销售的一年中，她还悟出了做生意的道理。

那年大年初八，高行长一上班就给李华打电话说："新年好，今天我已约刘总来银行付你房子的尾款。另外，年前送出去品尝的红酒，其中有两个二级红酒批发商感兴趣，想跟你谈谈生意。你看怎么运作，我来当介绍人帮你推荐！"

李华很高兴，向高行长表示诚挚的感谢。

卞总知道李华的房款顺利到位，心里才踏实了。正月十五这天，天气特别好，卞总约李华来江景茶城聚餐。李华正好有发展新客户预订红酒的打算，便准备当面跟卞总夫妻俩说说计划，做好备货送货的准备。

茶城是李华喜欢的谈生意的场所，卞总很尊重李华的喜好。卞总很守时，提前来到茶城一处雅座包间。李华也准时到达。她们不约而同地为对方准备了礼物。卞总拿出一条很漂亮的杭州丝巾说："今年太冷了，送给你保暖，配衣服也好看，戴上漂亮！"

李华笑着说："我们俩又想到一起了，不过我只考虑到了保暖，两条大红色羊绒围巾，给卞总和孟董的一点心意。"

孟董说："过去的一年你帮我们刷新了销量，公司准备给你配备专职送货司机。此外，在利润方面，在以往基础上，达到一百箱奖励百分之十的利润。只对你有这样的优待！"

李华感激地说:"谢谢,这是我应该做的。通过帮公司拓展红酒市场,我也受益很多。谢谢卞总和孟董给我多方位的支持,让我有施展的平台。真心话,我愿意给公司当永远的兼职销售员!"

卞总说:"这正是我们两个老家伙想说的话,正式邀请你永远担任我们公司的编外销售总监,这个位置永远给你留着!"

孟董说:"今天我们喝公司最好的红酒,还给你备了两瓶新产品,带回家给亲人喝。"

卞总说:"今天没有别的事,吃完饭后,我们一起去唱歌,孟董想与你合唱一首歌曲《爱拼才会赢》。"

人生就像这首歌的歌词一样,爱拼才会赢,卞总和孟董都已到了古稀之年,却还在外打拼。有他们作为榜样,李华自然备受鼓舞,继续努力打拼。人们常说"物以类聚,人以群分",正能量的人吸引着李华,李华身边聚集着一群这样的强人能人。正是卞总能力出众、办事果断的特质吸引了李华,使得两人成为忘年之交,成为彼此事业和生活上的知己。李华想像卞总那样成功,不是说一定要做多大的事业,而是不让自己闲下来,像卞总一样干实事,做一个对社会有用的人。

卞总曾经语重心长地对李华说:"我和孟董这个年龄还这样干,不仅仅是为了钱。我们的孩子不做我们这一行,不接我们的班,我们俩闲着反倒无聊。自从做熟了这个行业后,感觉很轻松,就当是边交朋友边做事业。没想到事业越做越好,特别是将这类红酒从西班牙引进国内后。中国人口多,市场大,国家对企业政策好,再遇到你们这样的好朋友帮助支持,我们越来越轻松。"

孟董也知足地说:"来湖北通过红酒会友,经你的介绍,我们认识了你身边的好多能人朋友，他们都成了我们的合作伙伴，我们真的很开心。像美容院的老板琴琴、周总、珍珍、珊妮、你女儿的干妈……他们如今个个是销售行家了。你带动开辟了另一个大红酒市场，这是我们俩做不到的事情，也是我们俩没有想到的。看来你是不想让我们这两个退休啊！”

卞总拉着李华的手说：“你知道吗？等珍珍退休了，会来和我们一起全职销售红酒，问你还有什么高招？”

李华笑着说：“别这样夸我了，我哪有什么高招呀？卞姐姐，我销售的每一个客户，每一个团单，您都知道是怎么促成的。我就是有您公司做后盾；对合作伙伴，将利润全部摆在桌面上谈，分配合理，做到互帮互助共赢。这样每一笔业务及时结算，利润透明，讲诚信，好处多替对方想，吃亏留给自己。这样办事待人，合作共事，还怕合作伙伴不找上门来吗？我没有什么经验，就是办事实在。”

卞总不停地点头说：“对呀，对呀，这叫老实人有福气。谁都喜欢和你这样的人做生意。我不管，你是我和孟董永远的合伙人，永远的朋友！”

李华激动地笑了笑说：“我们光顾说话了，借此机会，我为两位老总唱一首老歌《情义无价》，祝你们健康幸福，财源滚滚！祝我们合作愉快，顺风顺水！”

李华神情专注地演唱，以动情柔润的嗓音，唱出了绵绵情意，也唱出了歌曲的主题：情义无价。

第四十五章　购买地标房

　　李华有一个习惯，凡是促成红酒生意后，都会请合作伙伴美容美甲，以示感谢。另外再拉上对红酒感兴趣的女友一起喝茶，让已做成订单的合作伙伴与朋友分享那种成功的喜悦。李华只负责请客买单，引荐新朋友相聚。

　　李华销售成功，绝不是"王婆卖瓜，自卖自夸"，而是借助朋友成功后的喜悦分享，用事实说话，让新朋友对红酒销售产生兴趣。李华还有一个优点，喜欢把感谢尽早兑现，哪怕是平日的口头承诺，也会放在心里，在合适的时机给朋友一一兑现。

　　李华与卞总的合作模式使李华腾出了更多自由支配的时间，空闲时李华就会关注房地产等有价值的信息。这一天李华又发现了一个好的项目。

　　六月份的武汉，天气渐渐热了起来。美容院的琴琴刚刚促成了一单红酒业务，李华把她请到江景茶楼喝茶。李华有一位同住江景房的女友琦琦，她同样是一个爱美容、爱漂亮，又有实力的女强人，这一次李华把琦琦也约上了。

　　李华认为，是时候让琴琴跟琦琦互相认识了。虽然两人年龄相差八岁，但两人的情况很接近，都是有实力的单身女性，事业成功，经济独立，都舍得给自己花钱养生，大家可以在同一个朋友圈子里交往。

琴琴的喊声打断了李华的思绪："李华你来得真早，我提前五分钟到。你的好朋友来了没有？"

李华忙起身招呼："到这边坐，等会儿她就到了。琦琦就住在这附近的高档小区。她有点小资，事业做得好，搞建筑，包括房屋设计，是位很有品位的娇柔的小女人！"

琴琴很自信地说："我明白，你身边的朋友个个都是强人，当然也包括我在内。"

琴琴调皮地夸了李华的朋友，也夸了自己，小嘴甜得像抹了蜜。李华在琴琴身上看到了机灵内秀的品质，真要向比自己小八岁的琴琴学习。

琦琦向茶楼室内走来，穿着一身碎花连衣裙，外层全是纱，随微风轻拂，分外妖娆，优雅得像仙女一样。"你们都来这么早，我好像没有迟到吧？"

琦琦进入了琴琴和李华的视线。琴琴一副惊掉下巴的神情："李华，你说你的朋友琦琦跟你同年，你们俩都是美女！真是冻龄啊！太让我妒忌了！真高兴认识两位仙女姐姐，有空一定要到我的美容院去做身体护理，我送你俩项目保养卡，让你们好好享受！"

琴琴这话一说完，既介绍了自己，又夸得两位姐姐笑得合不拢嘴。李华对琦琦说："这位就是我跟你说到过的，年纪轻轻又能干的为人大方的美容院老板琴琴，她可是有五个美容院的时尚达人！"

琦琦将白白嫩嫩的小手伸出来，主动牵住琴琴纤细的小手。琴琴赞叹道："哇塞，这么会保养，手都这么漂亮，一看就是懂得投资自己，会保养的美女！喝完茶，去我那里做身体护理吧！免费赠送！"

李华看着琴琴活跃地推荐自己的美容院，恰到好处地介绍，很欣赏她的业务能力。李华笑着从包里拿出一个信封递给琴琴："这是昨天结的红酒款项。你推荐的俞总夫人真豪爽，卞总的司机将货送到后，她直接就在发票上签字付款了。这是你那百分之五十的利润，收着！"

琴琴应声说："这么快？这么简单就挣钱了？"

李华回复琴琴："是你能干，关系铁，俞总才照单全收，还说谢谢你呢。她端午节就分红酒给员工。"

琴琴和李华一来一回的对话，琦琦听明白了，对李华说："你们俩的红酒做成这么轻松，怎么不带我呀？"

李华拍了拍琦琦的手说："你也知道我一直在做红酒，而且我也带你认识了卞总。你的心思，专搞你的工程设计去了，没有瞧上这小生意。你如果感兴趣，可以让琴琴教教你怎么入门。"

琴琴说："我认为你能做得比我更好，因为你人脉关系更广，需求红酒的人群更多。我们只动动嘴巴就能成单，其他的送货、收款等工作，都由李华配合，真的很简单！这样，今天晚上我想唱歌，两位美女姐姐可要给我面子啊！"

李华给琦琦和琴琴都倒上新上市的最好的红酒，笑着说："好，今天先去你那里享受美容。如果觉得有效果，我办张养颜护肤年卡。"

琴琴说："先去美容院体验享受一下，如果适合，再办卡。最主要的是今晚可以漂漂亮亮地去唱歌。"

琦琦说："听美女们安排，我也需要办一张年卡，反正美容项目一定要做，去别的地方做还不如照顾琴琴，今天还能得到赠送项目。真不简单，难怪你美容院开了五个店。我们可是说好了，你要教会我具体怎么做红酒生意。"

三个女人一台戏，聊着聊着李华无意中看到窗外的房地产广告，问琦琦："听说那是地标性建筑，琦琦你搞工程设计的，能确定这事是真是假吗？那里什么时候对外销售？还有房价会不会很高？这些信息也帮忙打听一下。抽空我们一起去看看有没有样板房对外开放参观。"

琦琦也跟李华一样喜欢房子，这一问真是问对人了。琦琦连忙说："我知道，那是武汉第一高的地标性建筑。打造集高档小区、写字楼、商业圈为一体的项目。第一期每平方米要一万两千元以上，样板房好像在下个月对外开放。你真是问对人了，前几天我妹才向我打听武昌有没有江景房，所以我对周边的情况全部了解了一遍。还有，听说那里还要开通地铁5号线，就在小区售楼部门口。这个楼盘太值了，我准备看看样板房再决定要不要入手。你不会又要去买房吧？这可是目前武汉房价比较高的楼盘。"

李华低头看着手中的杯子，静静思索着，假如到时候去现场，房子情况跟琦琦说的一样，她要怎样盘下一套？其实目前李华居住的小区环境很不错，各方面的配套设施都很齐备，她只是不想放过这个好项目。

琦琦好奇地问李华："美女啊，你又想到什么了？"

李华微笑着说："你真是我肚子里的一条蛔虫，我想什么你都能看得出来!"

三个女人同时大笑起来,琴琴扮了一个鬼脸,吐了吐舌头:"别人瞧我们这桌,还以为我们捡到大元宝了!"

琦琦用手轻轻揽着李华的手臂说:"我猜你肯定又想买那房子了,对不对?"

李华点点头,转而又发愁地问琦琦和琴琴:"你们俩帮我拿主意,我将现在的小户型房子卖掉,用那笔钱去预订房子,这样运作怎么样?"

琦琦说:"从小区发展来看,你那边的小区房价已经翻了一倍。如果能迅速卖掉,抓住售房时机那肯定极好的。"

琴琴也插话道:"我正想去那附近找一个小区门面,把美容院开到那里去。你们看房的时候也叫上我,我也去看看。你们买到哪,我的美容院开到哪!哈哈!"

李华笑着将食指放在嘴边:"嘘,好,就这么定了!"

李华拿出手机给保持联系的房屋中介打电话:"小黄,我那套小户型能尽快找到有诚意的买家吗?现在多少钱一平?请帮忙了解情况,尽量早点告诉我,等会儿我把房子详细信息发给你。中介费还是按照你们店规付,如果在一个月之内成交,我愿多付中介费给你作为额外奖励。"

中介小黄在电话那头高兴地说:"没有问题,马上帮你推到网站上,有消息第一时间回复你!"

李华的表情果断而认真,看来这事真定下来了。琦琦盯着李华说出自己的疑问:"就这么定了,开始操作了吗?"

李华说:"如果要购买,必须做好资金准备。我现在资金不够,

又不想找亲朋好友开口借钱。再说，我已经习惯了买呀卖呀，这是
解决资金问题的最好方式。放心吧，顺利最好，不成也影响不了我
现有的生活。只要尽力了，就有希望!"

第四十六章　女儿的理财老师

　　主意已定，李华抓紧时间推动购买地标房的计划，一方面跟房屋中介积极联系，一方面抓紧零散资金的整合。在中介的积极推动下，很快有两个买家表现出购房意愿，一个是从上海回武汉发展的年轻白领，一个是本小区的业主，他想给自己家人在同一个小区买套房，互相有个照应。

　　中介小黄问李华："李姐，你想卖给哪一家？"

　　李华了解了客户情况后说："尽量优先选择一次性付全款的买家，如果都是按揭贷款的方式，就选择目前是单身的买家，当事人能直接办理过户手续。"

　　小黄说："那还是选择从上海回武汉创业的年轻白领吧！他正好可以全款，而且买房也很有诚意。只是在总价上，买方要求减少两千元，你看怎么样？如果同意，我可以通知买方明天上午带六万定金过来办手续。也麻烦你把房产证和所有购房合同、发票都带过来，咱们在中介门店签订委托买卖合同。"

　　小黄办事一向有魄力，这是李华看好小黄店长的原因。李华每次给小黄的中介费都比别人多，因为李华想早点把房子出售，衔接好下一个购房机遇，这样比去银行贷款利息要划算。

李华当即答应了小黄店长，约好了签合同的时间。接着马上给女儿打电话："乖乖，今天下班早点回来，我们一起在楼下对面鸡汤馆喝鸡汤，有事要对你说。"

女儿说："你现在说呀，我七点才能到家！"

李华卖关子说："还是等你到鸡汤馆当面说吧，就这样！"

女儿下班后直接在鸡汤馆与李华碰面："有什么事情，还神秘兮兮的要见面说？"

李华已经点好了两份鸡汤，两份凉菜，一份烤鸡爪，这是李华和女儿都爱吃的简单晚餐。李华笑着说："今天晚上你把你的生活用品和衣服整理好；把不需要的，可要可不要的东西整理在一起。我们要把东西暂时搬到三姨家的空房子放一段时间。我们可以在姥姥家暂住。我准备把现在住的房子卖掉，明天办手续，然后拿着卖房子的钱，去买我和你提过的那套江景房。下个月开盘，我还想说服你二姨也买一套。"

女儿脸上笑开了花："我猜到了，但是没想到你会这么快就卖掉房子。你跟哪个中介谈的？别上当受骗了。"

李华得意地跟女儿说："就是你认识的那个小黄店长！"

女儿说："原来是她，黄店长真行，一个礼拜就帮你找到买家了？不过我们家这小户型也好卖，有很多人买得起。"

李华对女儿说："小户型确实好出手，等再奋斗几年，我们会过上想要的生活，会住上更好的房子。"

女儿笑着点头："我当然懂你，我的同学同事还说，以后他们家人买房，请你去看，她们真的羡慕我，把你夸到天上去了。就好像我生来只是享妈妈的福！她们可没有想到我经常搬家的辛苦！"

李华和女儿就像朋友一样有商有量地调侃着，难怪女儿的同学同事们羡慕这对母女的关系。女儿也受李华潜移默化的影响，对理财和投资很有自己独到的见解。

李华常想起平时闲聊时妈妈说过的话："其实我最喜欢的是那种带一个小院子的家，有自己的一片天一块地，有独立空间，感觉很自在。"

说者无心，听者有意，李华在心里默默地开始新的人生规划。心中有孝，到哪都想着娘。李华想着一定要让母亲实现这个愿望。

第四十七章　将父母接到省城

　　李华的小妹听了李华的建议，帮父母在省城买到新房子，而且买了同一个小区，方便李华照料老人。这房子的户型很不错，面积将近一百四十平方米。

　　李华母亲经常鼓励女儿们"人往高处走，水往低处流"，所以李华母亲也说服自己的老伴尝试体验新的生活环境，而且跟女儿住得近一些，孩子们才能放心打拼。

　　搬家那天，当家具全部装上车后，天空就下起了毛毛雨。去往省城的路上，李华坐在大厢式货车副驾驶座位上，一直担心雨下大，待会搬家时会把家具淋湿。

　　没承想，快到省城时雨停了，太阳当空照，李华松了一口气。

　　李华乘坐的货车先到了小区大门口，李华提前办好了小区通行证，在门卫的指挥下倒车入位，然后开始向自家单元楼层搬运家具。

　　过了不久，李华的三妹和父母也到达小区。打开房门后，李华听母亲的话先进屋，她提着火炉，手上还托着一盘苹果和柑橘。接着三妹进屋，她要提半桶水，还有米和扫帚。这都是按家乡的搬家风俗习惯来办，先入户的物品是有讲究的。

有正规的搬家公司负责，这次搬家很顺利。这次搬家李华将父母喜欢的老古董旧家具一并带来。摆放在哪个房间，全由李华安排。虽是新旧混搭，总体却是中式风格。李华母亲的书房，做了一整面墙的书柜，从下到上摆满了书。搬家师傅说："这一箱一箱的书真重，怎么这么多书？"李华母亲看着书柜对师傅说："师傅们辛苦了，这书可是黄金屋啊！小心摆放，谢谢师傅们了！"

家具摆放妥当后，父母看着新家很满意，李华也很高兴，搀着父母介绍起房间布局。

李华领着父母和家人乘电梯下楼，从小区的绿化带中走过，那里有水池喷泉，五颜绿色的花朵。走在绿荫小道上，李华兴奋地介绍说："早晨来这里走走，运动一下，享受清新空气。向东门走，有理发店、足疗店、干洗店；向后门走就是菜市场和中百超市；从正门出去，附近有银行、地铁、公交车站、早摊点、中餐馆、美容院。过了马路就是江边，晚上的江景很壮观。江堤坝上有跳舞的、散步的、遛狗的、谈情说爱的，很热闹。"

李华边走边介绍，选择了附近一家青砖灰瓦的农家乐吃饭。家人都坐下来之后，李华老爸发话了："这里真方便，什么都有。老伴啊，你满意了吧！"

李华母亲回复说："肯定满意，孩子们都辛苦了，我们知足了！"

三妹说："现在快点菜，大家都饿了。这里有很多老妈老爸爱吃的土菜，看起来很地道。"

这是借庆祝乔迁之喜的一次团圆宴，家人欢聚一堂。小妹也特意从北京乘飞机赶回来。母亲对大家说："孩子们多吃点，从早忙到晚，总算顺顺利利。来，碰一杯酒！"

搬家的第二天，小妹带了好酒好烟和水果特产孝敬父母。小妹对父亲说："附近有家足疗店，我带你们过去，你和老妈可以每周去一次，刷卡就行了，我刚给你们办了年卡。做足部按摩对身体好，促进血液循环。"

小妹为人细心体贴，乖巧，善良，有主见，有自控力。小妹毕业后从事金融行业，每年对父母在经济上资助最多。三个姐姐都很佩服小妹，外表看似柔弱娇小，却很成熟稳重。父母最喜欢和小妹聊天，也最疼爱小妹。

父母心疼小女儿花了太多钱，便对小女儿说："你就别操心了，这里有你几个姐姐照顾。你大姐还帮你爸办了一张刮胡须洗头的会员卡，那美发店就在这附近。你二姐也带我找到了打五谷杂粮粉的摊点，足够满足我们的日常所需，你今晚就飞回北京安心工作吧。再别给我们俩花钱了，钱够用了！"

三妹补充说："我们还给老妈请了钟点工，每星期都会全房打扫。该做的我们都安排好了，放心吧。"

李华对小妹说："要是不放心，你有空经常飞回来也行，我们大家可以多聚聚。"

李华说完全家人都笑了，气氛真好，一家人和和美美的。李华的女儿感受到了大家庭的温暖，这浓浓的温情，给李华女儿树立了尊老爱幼的好榜样。

李华的父母在这处新房子里一住就是几年。李华有时候回自己的房子居住，有时候在父母的客房暂住——那客房就是给来照顾看望父母的亲人准备的。

在同一个小区买房真是好主意，既能互相照顾，又不干扰彼此。一到节假日，李华父母家里经常是四代同堂，一起团聚，这样的情景让人羡慕。李华父母的同事和老友，经常从家乡来省城探望他们。有客人来时，李华父母比过节还开心，热情地招待老同事和老家的亲戚朋友。李华父亲最爱对老友说的一句话是"有空常来坐坐"！

第四十八章　那一年父亲肺癌晚期

李华将父母接到省城一起居住生活后，老人们过得舒心如意，这样的日子持续了好几年。

在 2016 年上半年的体检中，李华父亲被确诊为肺癌。经住院医治后，病情有所好转，出院后直接回了老家疗养。为了术后父亲生活方便，三女儿特意又给父亲买了一层楼的四室两厅两卫的大房子，并请了护工二十四小时照顾陪护，李华母亲一直陪伴左右。望着一天天老去的父母，李华在跟时间赛跑，她希望把手头上的工作做好，多挣点钱，好给父亲多补充一些营养，也好支付长期的护工费用。可父亲还是在 2016 年 12 月 8 日那天晚上去世了。

父亲离开的那天，李华在省城和老家之间来回跑了两趟。李华多想父亲好好活着，她不怕辛苦不怕累，就怕与亲人阴阳相隔。现实没有因为李华的恐惧和不愿而改变。

父亲离世前一天，李华还想着明天处理完最后一件事，一定好好陪父亲晒太阳，散步，说说话……可是这一切都是李华的一厢情愿，父亲没有留给李华这点时间，父亲的突然离世，给李华留下了终生的遗憾！

李华父亲生前将一些喜爱的物品集中放在一个抽屉里，包括女儿们在各个时期送给他的礼物，有金戒指、手表、佛珠链、衣服、帽子、领带、手套、围巾，等等。这些东西整齐地摆放在抽屉里，有的都还没有用过。

父亲留下的件件物品，似乎在告诉女儿们，这些都是身外之物，哪样都无法带走。父亲走了，生前爱不释手的东西，最终又物归原主。这是父亲生前交代过李华的，将每个女儿送的礼物退回给本人。

父亲出生在一个贫困的农村家庭，整个村里就培养了父亲一个初中文化水平的小伙子。父亲是当年村里第一个考进厂里的工人。父亲勤奋好学，在工厂生产线上对项目进行技术改造，也对机器改革创新做出了很多贡献。他逐渐成为厂里的骨干力量，被选派到北京，参加过五一劳动节表彰大会，被厂里授予极高的荣誉：五好标兵、优秀共产党员、先进工作者等。光荣榜上经常有父亲戴着大红花的照片。

那时李华的母亲很年轻，是革命后代。书记夫人亲自做媒为两人牵线。结婚那年，李华母亲才刚满十九岁，父亲二十三岁。李华母亲曾笑着对女儿们说起过："那时你们父亲很穷，结婚时为了体面一点，将黑色的雨鞋当作皮鞋穿着与我结婚。那时的生活条件很艰苦，住在厂里分的一间平房，一张桌子，一张木板床，一个煤炉，就是我和你们爸爸所有的家具。"两位老人年轻时的婚姻，几乎没有物质基础，却也在风风雨雨几十年岁月中恩爱如初，一起度过了金婚岁月。

李华看着墙上父亲二十三岁时的照片，那时父亲真的好帅，嘴角微微上扬，一双眼睛目光深邃，像是在看着李华。这张照片旁边挂着一张父亲去照相馆拍的黑白照片，照片上显示着那年还是六十六岁。墙上还挂着两位老人跟李华四姐妹一起拍的全家福，那是父亲去世之前的最后一次全家合影，那年父亲七十五岁。2013 年 3 月，小妹在北京为父母举办了金婚纪念活动，父亲与母亲的合影就挂在全家福旁边。

父亲曾经对女儿们说："这辈子我和你妈搬了七次家。前两次搬家你们都很小，住在厂里职工宿舍，是平房。第三次搬到连排的三层楼里，老大在那里高中毕业，几个小女儿在那里中小学毕业。第四次搬到独栋楼的五楼，八十七平方米，三个大女儿都工作了，小女儿在科大读书。后面搬家都是你们为了改善我和你妈的生活，为我们购置的新房。有你们几个好女儿孝敬我们，这一生值啊！"

父亲说这些话的时候，已经是手术后出院回到家乡。当他看到宽敞明亮的新房子，有感而发，说了这些肺腑之言。

父亲晚年总是住在次卧，父亲为了让母亲休息好，总是把主卧室留给母亲。像许多中国老一辈的婚姻一样，父亲一生一世地守护着结发妻子，两人磕磕碰碰地走过了一辈子。父亲从来没有在嘴上对母亲说过一句"我爱你"，虽然他们经常会拌嘴，可当遇上大事情都会互相忍让。

李华拿起她在父亲七十岁那年送给他的生日礼物，那是枚黄金戒指，回想起当年的一些细节。当时为了凑黄金的克数，李华悄悄地告诉母亲："我想把我所有的黄金首饰，包括项链、耳环、耳坠、耳钉、戒指都拿到黄金加工店铺，换成一个大戒指，送给爸爸做七十岁生日礼物。经常听爸爸说他的戒指小，和老同事们打麻将显得小气。我知道爸爸就是爱面子，反正我也不爱戴这些饰品，就给老爸换个大戒指吧！"

母亲说："你是老大长女，总是这么懂事，不过你把这些首饰都换了，你不需要？"

李华说："没有关系，旧的不去新的不来。既然你同意了，那我就去换了，商场正好做活动。这个事不要对爸说，你知道就好，这回我要让老爸戴着大戒指去和他的老友们打麻将，显摆显摆！"

那时候李华还在创业初期，手上没有多少现金，有点资金就会用在房地产上面。在没有取得收益的时候，李华害怕家人为自己担心，从来没有向他们提过困难和资金欠缺的问题。

有一次买市中心地标房时，李华手上差几万元定金。母亲知道后，悄悄把攒了多年的积蓄拿给李华："老大，这十万元拿去急用吧，别着急还！"

母亲的举动让李华鼻子一酸，眼泪都快要出来了。她半天说不出一句话，硬是把眼睛憋得红红的。李华赶紧走进卫生间，冲洗掉脸上的泪水和鼻涕。李华半天不敢出门，因为镜子里的自己眼睛还是红红的。

李华暗下决心，一定要让父母过上好的生活，一定要让父亲为她而骄傲！一定要让父亲以我们几个好女儿为荣！

李华和妹妹们都做到了，都很争气，一家人的日子过得越来越好。

母亲从年轻时就养成了爱学习的好习惯，平日里喜欢看书写日记。家里的大事全部由母亲说了算。母亲声音不大但很有威严，母亲语气凝重地说道："老头子呀，养儿防老，养女无福的歪理，都是封建迷信的产物。现在不同了，时代进步了，该改变你的死脑筋了！你要少打牌少抽烟，没事多去运动运动吧！学打太极多好呀！"

父亲说："是啊，现在三缺一，也打不成了！我从明天开始就去小区学打太极。"

父亲听进了母亲的话，真的开始戒烟。从之前的每天两包到一包，后来又从一包减至几根。真正全部戒掉的时候，是父亲住进了医院，医生严肃地说："必须一根烟也不能抽。"父亲这才彻底戒掉了几十年的烟瘾。

说起吸烟这事，李华深感内疚。从事工作后，李华坚持送烟孝敬父亲，每月四条从没有间断过，逢年过节更是多送好烟给父亲以备待客之需。后来李华感觉是自己害父亲养成吸烟的习惯从而得了肺癌。

第四十九章　父亲出院返乡

　　李华父亲是在 2016 年上半年体检中发现到了肺癌晚期。考虑到父亲出院后，疗养期间要经常出行透气晒太阳，女儿们便说服了父亲回老家住新房。父亲出院的时候，李华已将父母的家具全部搬到了老家的新房子中。

　　父亲回来的路上精神格外好。李华和家人一直瞒着父亲，没有告诉他是肺癌。她们知道父亲一旦知道真相肯定会接受不了。李华也常常听到很多人说，癌症并不可怕，可怕的是人失去了精神支柱，心里的恐惧情绪对身体伤害极大。李华和家人都希望父亲能保持平和开朗的心态，配合康复治疗，所以选择了善意的谎言。

　　在医生办公室里，李华第一个知道了父亲的病情，她清楚地听见医生说："你父亲就算做了手术，也只有几个月的时间。之后他想吃什么，想去哪里旅行，都尽量满足他。如果调养得好，或许能多撑些时日。"

　　李华问医生："不能控制吗？"

　　医生说："发现得太晚了，癌细胞已经扩散到周围了……"

　　二妹和三妹都在医院走廊陪伴母亲，等着李华出来。李华出来看到母亲和妹妹们，大脑一片空白，只有如实告知医生说的每一句话。她们在走廊里简单开了一个家庭会议，大家决定先瞒着父亲。不然以父亲的性格，如果知道实情，精神必然会垮掉。大家说好了不提及病情，并装出若无其事的样子，别让父亲看出来，更别让父亲起疑心。

母亲在妹妹们的搀扶下走进病房。病床上的父亲躺着，想吃力地翻动身体，但是动不了，可能是麻醉药的作用，父亲有些无力。医生对父亲说："手术很成功，想要吃什么东西就跟女儿们说。您看您女儿们多好呀，都来看您了！"

隔壁病床上的老汉开始哭泣起来，抱怨自己命苦，哭得很伤心。父亲后来从护士那里听说，这老汉只比父亲大两岁，有三个儿子一个女儿，却没有一个儿子来看他，送他来住院的也是女儿。但是女儿生活很困难，是一个环卫工人，在经济上帮不了他，只能下班后，做点吃的送过来，而且每次来待不了多久就得赶回家，因为家里还有两个孩子需要她照顾。

父亲劝慰病友说："老伙计别想太多，来，多吃一点营养鱼汤，女儿给我做了很多。我们早点好起来，就是给儿女们减少负担！"

父亲安慰起别人来轻松，到了自己头上还是有顾虑。没过几天，隔壁病床的老汉在做手术之后第二天因抢救无效而去世。护士长让李华别对父亲说这个消息，因为病房里又来了一个新病人，护士长担心会对病人造成心理阴影。自从换了病人之后，父亲的言语少了，经常吵闹着要出院回家休养。

医生同意了，等伤口愈合拆了线再观察一周，如果没有问题就出院。那时父亲的面容憔悴，脸色苍白，瘦得皮包骨，不成人形，看着有点吓人。李华看到父亲这个样子，心里很难受，一股悲伤从心里涌出来。李华强忍着不让眼泪掉下来，赶紧换一个角度站着，不让父亲看到。她背对着父亲拿起床头上的碗到洗手间清洗，直到平静下来才敢再进病房。李华让父亲放心睡觉，她会看着吊针，及时叫护士换药。

只有在睡着的时候，父亲才会舒服一些。杀死癌细胞的药物和止痛药都不能使用太多，而且也不能让父亲在清醒的时候过多地胡思乱想。

伤口拆线后，医生同意父亲出院。父亲以为是身体恢复过来了，所以才安排出院，因此出院后精神状况逐渐好了起来，自我感觉不错。但是李华和家人心里却特别难受，想着如果能用一种药物延长父亲的寿命，该多好啊！

出院那天，天气晴朗，上车之前，父亲仰起头深深地呼吸了一口新鲜空气说："在医院里很长时间没有见到太阳了，今天真的很舒服，还是回家好！"

李华说："是的，老爸！医生说让您回家以后多晒太阳。我们在家里也给您买了一台自动控制的轮椅，家里请了那个您喜欢的护工，经常推您出去晒太阳。多喝汤多补钙，吃健康的食物，这样能很快恢复体质。"

三妹也赶紧扶着父亲上车说："家里都安排好了，陈志（三妹夫）在家等您，做您喜欢吃的墨鱼汤。他跟他亲弟说了，每天捉活鱼给您吃。这次买房陈志特意选择了一楼，也不用上下楼了，就是为了您出行方便。您什么都不用操心，只管吃。陈志的同事听说他买新房子给岳母岳父住，都夸他孝敬老人，品德好，说做陈志的父母太幸福!"

李华说:"说句实在话,陈志能把岳母岳父当自己的亲生父母一样对待,真的没话说。这个女婿就是一个儿子,老爸本来就很喜欢他,有什么事都跟陈志直接说。"

父亲听着大女儿和三女儿的对话,心里明白了,这是直接到三女婿准备好的新家去住。父亲看着旁边坐着的老伴,笑着说:"老伴,还是你说得对,养女儿好呀!我们这几个女儿都是好孩子,我们比养儿子的老董老吕强。住院期间老大天天陪着跑上跑下,几个女儿把工作安排好也轮流看护我,小女儿住得远,但是治疗的费用她出得最多。我这次真的想通了,还是生女儿好!"

老妈回应道:"是啊,老董夫妇一起攒钱给儿子买房子娶媳妇。老吕夫妇攒了一辈子的钱,给两个儿子买房子,结果还因为面积不一样而闹矛盾。现在他们俩还得帮两个儿子带孙子,没有自己的晚年生活。"

父亲点点头:"他们到老了还在为儿子们辛苦,哪像我们早早享福了,我抽了几十年老大送的好烟,女儿们也经常送好酒好水果孝敬,好衣服都穿不完,我知足了!"

老妈赶紧接着说:"老伴啊,这次回家你就好好养身体,别再影响孩子们的工作了。让老大抓紧时间把省城的房子卖掉,现在行情好。"

李华马上接话道:"你们俩就别操心了,我已经挂在房屋中介公司了。老爸好好养身体,老妈陪着吃好点,让我们都省心。所有的事情办好后,我会告诉你们。"

三妹说:"就听大姐的,你们就别操心了。吃好喝好,少让我们担心比什么都好。只有你们老两口健康快乐，我们的事业才会越来越顺利！"

李华和妹妹们把父亲从医院接回老家，请了一个二十四小时全程陪伴的男护工。这是李华从医院中介联系上的男护工，每月包吃包住付四千元护工费。这笔钱由四姐妹分担，放在由老妈保管的共同账户上，按月付款。

李华想到医生说过的话："您父亲只有几个月日子了！"她意识到这句话有另一层意思：要做好后事的准备。

这让李华充满了恐惧，她想逃避这个现实，而唯一逃避的方式是不停地工作。李华将父亲曾经住过的房子打扫清理干净，将父亲用过的东西，全部安排车子运回新家的储藏室，包括照片也全部包装起来，运送到老家。

李华没有请人做这些工作，她自己一个人抽空进行整理。当房子腾空打扫干净后，立刻被中介推荐的买主看中，只看了三拨人，就敲定了售房的时间。李华全权代理签了买卖合同，并收了定金和首付款。这是在李华买卖房子以来最舍不得、最有感情的一套房子，这里记录着李华和父母相聚时的愉快时光。

第五十章　突发状况

因为小妹在北京居住，所以父母住的这套房子所有过户手续全权委托给了李华办理。时间就定在 2016 年 12 月 9 日，马上就要到预约过户的时间了。

12 月 8 日下午三点，李华和装修公司经理赵总在建材市场选购材料。两人随便吃了一碗热干面，就直奔汉西大建材市场，准备购买一些基础装修材料。

在半路上，李华包里的手机响起。李华有些累了，正迷迷糊糊地打盹，被吵醒后拿出手机按了接听键。电话里传来二妹和三妹焦急的声音："大姐，你赶快回来吧。老爸从昨天开始就没吃什么东西了。老妈让我们打电话跟你说，如果不忙就赶紧回家看看老爸。叔父从老家赶来了！"

李华有点焦虑急躁，赵总听到了她们的谈话内容，忙关切地说："李姐，家里有事，你还是回家看看吧。这边装修的事情你放心，我会按照你交代的去选装修材料。"

听了赵总的话，李华焦虑的情绪稍微缓解了一点，就在这个时候，手机又响了。李华赶紧接听，是小妹打来的："大姐呀，今天你别忙其他的事情了，一定得赶回去看看老爸，过户的时间不是明天吗？你今天赶紧坐高铁回去一趟，爸有什么情况也及时告诉我！"

看望父亲很重要，第二天的房产买卖也很重要。买方早在两个月前就签了购买合同，李华已经收了定金。中介在一个月前排队，才预约了12月9日的过户时间。明天三方约好在市政大厅办理过户手续，如果违反合同，李华这边要付违约金。

无奈焦虑之下李华还是赶紧拿起手机购买回老家的高铁票，但查看了几趟车都显示今天已没有票了。

李华有些崩溃，心中一阵绞痛，感觉自己无助到了极点。赵总看着焦急的李华说："李姐，我开车送你回去吧。选装修材料的事，可以先放一放。我马上送你回去，如果你父亲没有什么情况，我们就再开车回来，这样你心里也踏实一些。"

李华感激地对赵总说："真的谢谢你，那辛苦你了，来去费用我给！"

赵总跟李华合作有十几年了，李华亲朋好友的房子的装修都是交给赵总来办。赵总人品好，报价合理，两人合作一直很愉快，多年合作下来，李华已经把赵总当兄弟一样真诚对待，从不掩饰自己的喜怒哀乐，赵总也知道李华的一些家庭情况。

赵总开始掉头，边操作手机导航边说："别分得那么清，李姐照顾我公司这么多年，我去看看你父亲也是应该的。"

一路上赵总默默开车，偶尔向李华确定一下方向对不对。李华思绪万千，想了很多很多见到父亲的场面，心里有种不好的预感……

赵总以最快的速度把李华送到老家，全程一百多公里，一小时二十分钟就到达了。李华刚进屋就被母亲、二妹、三妹团团围住，打了一下招呼就一起走进父亲卧室。李华进门就看见父亲侧身面向墙壁躺着，床前有叔父和护工两个人守着。

见到李华进来，叔父马上对着李华父亲喊："哥，老大华子回来看你了！"叔父叫着李华小名，把父亲唤醒。李华示意叔父别这么大声叫醒父亲，等他自然醒就好。

叔父说："你爸没有睡着，他在等你们回来看他，他心里明白得很！"

果然，父亲慢慢地挪动起手脚，似乎要从床上撑起来看看李华。好一会儿也没有翻过身，父亲费了好大劲才伸出一只干枯苍老的手，想握住大女儿的手。李华看到几个月没有见到的父亲，已经瘦得不成人形了。以前那么高大的身躯，现在成了皮包骨，身躯伛偻成了一团。

李华眼睛里涌出泪水，喉咙像是被什么东西堵住了，嗓子发不出声音，鼻子酸酸的。李华只喊出老爸两个字，剩下的话又被哽住了。李华用手轻轻拍拍父亲的肩膀，稳定一下情绪后，贴在父亲耳边轻声说："老爸我回来了，你安心睡吧。"

此时李华已掩饰不住自己的难过，她不想让父亲和叔父看到她脆弱伤心的样子，赶紧低头跑出父亲的房间，到卫生间关上门默默流眼泪。泪水擦了又擦，就是止不住。李华打开水龙头，用冷水不停地向脸上浇，让那冰凉的水洗掉脸上不听使唤的泪。

李华想让自己尽快镇静下来，好面对外面等候与她说话的家人。李华是家里的长女和顶梁柱，从小父母就把她当男孩子养。在父母眼里，她是最要强的孩子，也是最敢担当的孩子，是妹妹们的主心骨。

李华从卫生间走出，看见母亲和两个妹妹坐在大厅中，叔父和赵总也在一旁坐着。

李华沉重地说："看老爸这样子，只要让他吃进东西，应该可以好转，要不我们把他送去医院吧？"

叔父摇摇头说："送医院也没有用，医生早就说过了，只有几个月。没有多少时间了，如果吃进粥，还可以维持一周；如果吃不进东西，那就这几天的时间了，我们得做好后事准备。"叔父说的是实话。接下来叔父对李华及妹妹们交代了一些重要的准备事项，一件一件落实到每一个人。

李华看了看坐在一旁的赵总，对家人说："老妈，叔父，还有二妹，三妹，你们大家都在，今天我等会儿跟赵总车子返回省城。我明天要办理房子过户手续，约定上午十点，如果违约，我得赔付违约金。我办完这件事就迅速赶回来。"

家人理解李华的难处，母亲说："你去吧，办完事赶紧回。你爸理解你们，我带你去跟你爸打个招呼吧。"

李华随母亲来到父亲床前，说："爸您要吃东西，我明天办完事就回来陪您一段时间。"

母亲接着说："老伴你安心休息吧，我们都在。老大这么忙也回来看你了，她现在要回去忙明天的事，忙完了就回来陪你。别拖孩子们的后腿呀，孩子们也难！"

父亲似乎听到了母亲的话，轻轻抬了一下手，又侧脸睡了过去。李华将父亲的被子向上扯了扯，给父亲盖严实一点，默默地看了父亲一会儿，什么话也说不出来。

李华在心里跟父亲说："爸，请你给我明天一天的时间。我忙完了一定回来好好陪你，跟你一起出去晒太阳，到你老友们家里叙旧，我保证不跟你争论了，全听你说年轻时候的事情……"

李华为了赶时间，跟家人打了招呼就回去了。三妹赶在车子启动前，递上一袋橘子和两个苹果，几瓶水，叮嘱道："赵总和大姐在路上吃，开车慢点，安全第一！"

二妹说："有事我们会给你打电话的，你就安心办你明天的事情吧，这里有我们在！"

赵总替李华与家人招手告别，此时的李华不敢多看家人一眼，低着头小声对赵总说："开车走吧！"

车子启动了，李华的泪水又不争气地流了出来，完全止不住。

第五十一章　最后的陪伴

赵总把李华送到小区楼下的马路边，说："李姐，到家了。"

李华迷迷糊糊地睁开眼睛："不知道什么时候睡着了，赵总到我家吃完饭再走吧，这个点都过了吃晚饭的时间了！"

赵总说："李姐不用客气，你早点回家休息吧。明天还有件大事要办呢！"

李华想了想对赵总说："好吧，今天太谢谢你了，等忙完了，改天我好好请你做足疗保健！小别墅装修的事情，就由你选择一个好日子开工吧。"

赵总回答说："放心吧，你安心办你的事，装修方面的事我都会给你办好。我走了。"

李华站在路边，直到看不见车子了，才快步向女儿家走去。今晚有很多东西要准备好，包括房产资料、委托书、自己的身份证、有关买卖合同等。想着想着，电梯已经到了二十七楼，按了门铃，女儿小琳开门说："还没有吃晚饭吧？锅里有鸡汤，喝点吧！外公怎么样？"

李华说："好像时间不多了，应该撑不过几天。我真的很担心你外公。我明天要帮你小姨办理房子的过户手续，我今晚上整理好资料。"

小琳端着一碗鸡汤放在桌子上："妈，先喝碗鸡汤再整理吧，趁热喝！"

人是铁饭是钢，李华一天都没有好好吃过饭了。看到女儿懂事体贴的样子，李华心里暖暖的，埋头吃了起来。喝完汤后，就直接进书房整理起资料。

快到九点的时候，李华手机突然响了起来。李华愣了半天，不敢接电话，女儿忙拿起递给李华。电话是李华母亲打来的："老大，你爸半小时之前走了，你快回来吧！"

父亲真的走了，一天也没有撑过去。李华感觉自己很无助，大脑一片空白。小琳说："妈，我们赶紧回去吧。我打电话让熊阿姨来带小宝，我开车回去！"

小琳默默安排好一切，等着熊阿姨来后就出发。李华像木头人一样，呆呆地看着墙上的时钟，秒针一摆一摆地向前走着。时间不等任何人，对谁都一样，它不会因你想在人世间多待一会儿，而停止转动。

李华说："我明天的事情怎么办？如果今晚回去，明天我也要一早赶回来办事。"

女儿说："我们今晚先回去处理好家里的事，明早再赶回来办事。"李华轻轻叹了一口气，认可了女儿的方案。

熊阿姨是小琳一直请在家里做清洁的阿姨，跟小琳已经相处了五年，两人关系非常好。家里发生了这么大的事情，熊阿姨二话没说，立刻赶上九点之前的公交车到了小琳家里。一进门就说："你们快点去吧，我这几天就在这里照顾小宝，你们安心去吧！"

小琳说："谢谢熊阿姨，我们可能要在老家那边待上三五天。"

李华说："我们小宝拜托你了！谢谢熊姐！"

小琳开着车，不时通过后视镜看着后排座椅上的李华。小琳安慰说："妈，外公走了算是解脱了。癌症痛起来很折磨人，我同学的妈妈也是肺癌，痛起来时简直让人受不了，不能吃，不能喝。"

李华没有接话，一直在后座上流眼泪。她感到愧疚，明明知道父亲的日子不多了，自己却没有陪伴在身边。

小琳将车子停在老家的后门处，前门已停满了车子。进入大门的那一刻，李华看见父亲躺在客厅中央的一块木板上，灵堂就设在客厅里。进门的时候，叔父叫了一声："哥，华子又回来看你了，请你安息吧，孩子们都在回来送你的路上！"说完带着李华和小琳向灵堂磕了三个头。

李华看到父亲就像睡着了一样，抿着嘴唇似在微笑。李华难过又充满自责地问母亲："我走后，老爸是不是很生气，一定怪我了！"

母亲马上说："没有怪你，你爸不是不讲理的人。老大，你是长女，今天晚上你就在这里守候着你爸的灵堂，负责写追悼会的悼念词。"

李华问："由我来写合适吗？"

三妹夫走过来说："你写最合适不过了。这是笔和纸，今晚写好。出葬那天，由你念出来。"

李华没有说什么，安静而小心翼翼地坐在灵堂边的桌前，看着父亲的遗像，想起了小时候和父亲一起生活的点点滴滴。李华从七岁记事时开始写起，写出了父亲的四大人生转折点。父亲为这个家庭的付出，就像放电影一样，一幕幕浮现在李华的脑海里。李华低头默默地将记忆转变成文字，不知不觉写出了十一张信纸。

写文过程中，李华一直埋着头，有时泪水模糊了双眼，擦掉后又继续写。李华写的是内心深处对父亲的思念，写出了生活中父亲对女儿们成长的关心。在贫穷的 20 世纪 60 年代初，每年过年姐妹们都跟父母一起准备年货。不管多困难，父母都会为女儿们买来新衣服摆放在床头。

虽然那个年代已经远去，但有关父母的爱的记忆却无法淡化。女儿们在长大成人的过程中吸取父母善良的品格，并回报在父母的身上。但是李华却感觉自己做得还不够，感觉当父母老去需要她照顾陪伴时，她却因为各种原因，没能守候在父母的身边，这让李华深感愧对父亲！

李华也回想起父亲在对她们姊妹四人教育上的付出，为了帮女儿们获得更好的学习机会，父亲多次求人帮忙，将孩子们转入重点学校学习。在工作上，父亲也支持女儿的决定和选择。李华记得有一次自己在工作上受到了很大的委屈，也为某个决定犹豫不决，父亲在紧要关头给了李华最坚定的支持。父亲对李华说了一席话："我相信你，没有过不去的坎，大胆地向着你认为正确的方向去走。无论前方遇到什么情况，我都会坚决支持你。"这些朴实无华的话语足以让李华解压释怀。想想几十年来，女儿们成长过程中走过的每一步都有父亲的陪伴与付出，父爱如山。

李华起身走到父亲灵堂前，深深地鞠了一躬，将写完的追悼词交给母亲。母亲看完后泪崩了，不停地点头，拿着写好的悼念词对着父亲的遗体说："老伴啊，你在九泉之下会感到欣慰的，老大写得好啊。大女儿把你一生中对家庭的责任担当，对她们的爱护，都记在心里了。你瞧瞧孩子们多懂事，都记得你的养育之恩，你放心去吧！"

李华在旁边扶着母亲说："我没有按那悼念词的格式写，我是按着心里想起的小时候的点点滴滴去写，想到哪就写到哪，这样行吗？"

母亲将信纸放在父亲灵堂的桌前，说："这样写就很好，是真情实感。"

这篇悼词写出了父亲对女儿们一生的情感，也将女儿内心对父亲的爱淋漓尽致地表达了出来。李华后悔没有在父亲生前告诉他，女儿们有多爱他，李华后悔没有亲口对父亲说出一句"爸爸，我爱你"！

第五十二章　人生的意义

考虑到上午还要处理房屋过户的问题，李华必须要赶上最早的那趟高铁。李华小声跟母亲交代后，又跟二妹说："我必须早点回省城去，白天家里的客人安排，由你和三妹商量着办。"

二妹点点头，向李华摆了摆手："大姐你快去吧，我明白，老爸也懂你。你是为家人过得更好在操心。"

得到亲人的理解后，李华坐上出租车，向高铁站奔驰。

坐上高铁，李华才长长地舒了一口气，看着车窗外一晃而过的风景，不知不觉沉沉地睡去了。李华太疲惫了，从昨天到今天就像打仗一样，一直没有休息过，她真想像孙悟空那样有分身术。

李华提前到了市政大厅等候，三方按协议程序顺利地办完了所有手续。当李华看到手机显示交易完成，收到尾款二百三十万时，心里的那块石头终于落地了。她拿起手机给小妹发送微信："房屋交易顺利完成，尾款马上转到你指定的银行账户上，请及时查收并回复信息。我现在准备带买方和中介到房子里交接钥匙和物业费水电费，今天将此房移交完成后，立马乘高铁赶回家。小妹放心，保持信息畅通。"

小妹此时已从北京乘飞机赶到湖北老家,在母亲身边时看到了李华发的信息,向李华回复道:"大姐,我已收到房款,也赶到家了,你放心吧。在外记得吃点东西再办事。回来时注意安全,今天晚饭之前回来就好,我们都在家等你!"

一切事情都办妥了,李华走出住宅大楼,看着这个自己曾经陪伴父母住过的小区,既感到亲切又有些依依不舍。她抬头看向天空,一股轻柔的微风加带着一丝丝细雨,开始绵绵地洒落在李华的身上。李华感觉到这是父亲给她的及时雨,一种温暖的拥抱,一定是父亲在天上看着她。

李华终于放松了下来,心中有一种暖暖的感觉,她想,一定是父亲在欣慰地对她说:"我的好女儿就是能干!"

李华想,父亲如果还活着,一定又会在老友们面前夸奖她一番吧。想到这里,李华急匆匆地乘地铁赶去高铁站,直奔老家。

第三天举办父亲的追悼会,在父亲老家的稻谷场地举行。李华念出自己所写的悼念词,稻谷场上空飘着缅怀与不舍,这悼念词如此温情感人,所有在场哀悼的亲朋好友都落泪了。大家回想起李华父亲生前为工作、家庭及女儿们所做的每一件事,每一次付出。他对女儿们深沉的爱意将永远留在亲人的心里。

父亲的离世让李华对人生有了新的认识,李华看到在生死关头,物质财富显得那么苍白无力,当人离开世界的那一刻,这些东西都不能带走,留下的只有世上亲人珍藏的回忆。人生不仅仅只是工作挣钱,还有很多有意义的事情可以去做,这些事情与金钱无关。

李华开始重新调节自己的工作、生活、学习、娱乐、休息时间,她开始将节奏放慢。记得有位哲学家说过:"生活必须平衡,不然会乱了方寸，会使你焦头烂额，生活一团糟。"

　　父亲的去世让李华悟出了一个道理，人活着要有价值，要创造出精神财富。这些年来李华一直以积极的心态影响着身边的人，这些就是她创造出来的精神财富。只不过，一个人接触的人有限，影响力也有限，有没有更好的方式将自己的精神财富分享给更多人呢？很快，李华找到了答案：通过写作来实现这个目标。李华内心深处对文学创作的冲动欲望又回来了。现在不为，何时为之？现在出发为时不晚。

第五十三章 投资提升自己

以前李华对自己的奖励主要集中在物质方面，或者是身体保养方面。自从经历了三年艰辛的门窗公司创业，又经历了父亲的离世，李华对物质财富已不像过去那么看重。她放缓了对物质财富的追求，而将更多精力转向精神财富的追求。

李华年少时热爱写作，后来忙于生活，忙于生计，忙于创业，只能把写作梦埋在内心里。如今李华不需要再为金钱辛苦工作，实现了基本的财务自由和时间自由，于是，李华计划对自己的投资集中于提升自己的思想和精神面貌方面。

2017 年春节刚过，李华就报名参加了本市老年大学，报了两个班，一个是歌咏班，一个是模特班。她还加大了在写作上的投入，报名参加了写作训练营。后来还陆续报了散文人物传记写作班、长篇小说学习班、纪实文学写作班，并参加了 2019 年《知音》故事大赛，获得优胜奖。在学习写作中得到认可，更激起了李华对写作的浓厚兴趣。

接下来的几年，李华不断深入故事和小说领域的写作学习。先是参加了陈老师的短篇小说写作班学习，后来又参加了一鸣老师的长篇小说写作课程。在学习提升自己的同时，李华已经创作完成了两部长篇小说。

这些年来，李华笔耕不辍，并获得了一系列的成绩：加入市作协；获得 2019 年《知音》故事比赛优胜奖；作品发表在有书、简书、美篇、每天读点故事、小小说、婚姻故事、城市故事等刊物和网络平台，其中包括长篇小说两部，短篇小说几十篇。此外还在省级报纸杂志发表了一系列文章。

母亲谈起李华的写作感到非常自豪，不停地说："这多有意义呀，给孩子们留下房子都比不上留下一本书。钱花光了就什么也没有了，人走了房子也带不走，而留下了作品，子孙后代都能阅读，精神财富可以永远传承，写作多有意义啊！"

有时母亲看完了李华的作品也会发表一些阅读感想："老大，我正在看你写的那篇《写上父母名字的第一套房》，这故事情节让我哭了，孩子啊！写得真好……"

李华母亲说的这些话，是用微信语音一段一段发到李华的微信上的。语音中的母亲有些哽咽，李华感受到了母亲的欣慰和骄傲。母亲在生活上精神上都很依赖李华。李华出生在 20 世纪 60 年代，那时社会上还存在着重男轻女的现象。母亲总希望李华争气，要比男孩子强。她从小教育李华一定要好好学习，好好做人，对李华的要求特别严格。

二妹发微信告诉李华："老妈可喜欢你的文章了，有时她会在一些段落下面用钢笔画上一条条波浪线，标记出精彩的部分反复看。"

有时二妹也假装吃醋，对李华说："你一直是老妈的骄傲，我们对她再好，她还是最喜欢你！"

母亲常常对妹妹们谈起李华小时候的事，说李华七岁就会生火炉子做饭，周末洗沾染油污的工作服，还要照顾妹妹们，说到动情时，还会流泪："那个年代你们的大姐吃了很多苦。小学班主任陈老师常夸你大姐懂事，学习又认真，放学就赶回家帮大人做家务事。你们大姐总是把好吃的都让给你们。第一次领到二十二元工资的时候，交给家里十六元，留下六元作为生活费，吃了一个月的食堂。她每周回家都给你们带油炸麻花之类的零食，还带回腌制好的小鳊鱼。这些东西都给了你们吃，大姐自己舍不得吃。"

得益于前辈的介绍，李华已经加入了市作协。如果李华能将长篇小说出版，将有望加入省作协。李华此刻心中又多了一个更大的文学目标。

之后李华有了更强的写作动力，每周保持至少八千字的作品发表量。为了将长篇小说出版，李华对故事大纲、故事结构、人物对话、人物塑造等方面进行修改，将作品提升了一个档次。李华的作品获得了编辑的赏识，签下了出版合同。

第五十四章　购置海景复式公寓

　　李华为了节约成本，在房子的装修上一直亲力亲为，也将装修的过程发展成个人喜好。她把房子当成艺术品去塑造打磨，享受创意逐渐实现的满足感。

　　李华的生活节奏时紧时缓。有一天，李华接到女友杨阳的电话，邀请李华聚一聚。李华当时正在施工现场，便婉言拒绝了："美女，我最近在装修，太忙了没时间聚会，等会儿我发现场视频给你看看。"

　　李华挂掉电话后让项目经理帮助拍了一条短视频，微信发给杨阳。杨阳看到视频中的李华穿着白色 T 恤，戴着白色太阳帽，下身穿着一条绿色的迷彩服裤子和一双黑色高帮皮鞋，整个人看起来精神干练。现场堆积了很多水泥、沙子、地砖，并不时传来各种嘈杂的干活声响。

　　杨阳说："看来你确实来不了了，你在装修哪里的房子？"

　　李华说："在市郊的一个小镇。等我忙完了这阵子，请你出来坐坐。"

　　之前杨阳已经几次邀请李华，但李华不是在建材市场买装修材料，就是在跟设计师调整设计方案，或者像今天一样在现场做一些应急的事情。因为是半包工程，所以什么事情都得亲力亲为，把控好进场和出场工人的交接。

拒绝朋友们的次数多了，李华也担心被朋友们误解，所以这次拍视频澄清，让朋友知道自己确实正忙着。

李华低调，不喜欢炫富显摆。有些人猜测李华有多少套房子，挣了多少钱，想要打听李华的实际情况。对这些试探李华一笑而过，闭口不说。李华不买车，不穿大牌子，跟女友们逛街也是购买品牌换季打折时的衣服、包、鞋子。李华有自己时尚的理念，她在乎的是内心的强大。

李华有时抽空到珠海与中山等城市实地考察房地产，亲自去体会道路运输、城市交通、生活节奏、生活配套等方面的情况。这一次李华要去中山办理一些已购入的房产项目的手续。

李华从武汉坐城际高铁到广州，再转珠海和中山。李华已习惯了一个人奔波，在列车上的几小时的独处李华可以冷静思考一些问题。从广州开往中山北站的过程中，李华有一种预感：今后会经常去珠海和中山。

从中山北站出来，李华一眼就看到了前来接她的陈司机。陈司机是当地人，很熟悉路线。从中山北站到售楼部共二十多分钟的车程，售楼部已经在大厅等着李华了。陈司机对李华说："你看完房后打电话给我，我来送你去酒店入住。晚上还可以去海鲜街吃虾、鱼、螃蟹。"

李华回复陈司机："好的，谢谢你。我忙完后联系你。这里风景真好，气温也像春天，就是公交车太少了，要不是你接送就太不方便了。"

小芸立马说："以后发展起来会很方便，小区到公交车站有电瓶车接送。"

李华点点头，笑着对小芸说："走吧，先去看看房子。"

这天晴空万里，天公作美，售楼部大厅装饰得大气奢华，已经让李华很是喜欢。整个下午李华跟着小芸看了六套现房，另外还看了海景房样板间。李华看中了两套房子：一套一百三十八平方米，四房三卫二厅的四四方方的房子；一套海边的复式公寓。

当来到海景现房，李华心情变得更好了。站在阳台上向海边望去，能看到远处的山，浪花一波一波地拍向岸边，微风吹动着水面。再打开朝向小区的阳台，小区里小桥流水，院里的小路两旁长着五颜六色的花朵，池塘里还有荷花。院里小花，李华只觉得好看，可是叫不出来名字。李华看着想着入了迷，悄悄地对自己说："我也要拥有面朝大海春暖花开的海景房了。"

小芸对李华说："李华姐姐，这里美吧？"

李华说："真美！最主要是这个户型方正，和我现在湖北住的，布局一样。走吧，去签合同吧，就买这两套。"

小芸脸上笑开了花，开心地对李华说："你是我这周见到的最爽快的好客户！上个月有一位从澳门来的老板也是上午看过房，下午就签了两套。她说这房子离澳门近，周末回来居住或者将来出手都很合适。"

小芸说的话提醒了李华，自己也可以带喜欢买房的女友来购置海景公寓房，让她们也一起受益。像琦琦和珍珍，肯定也会喜欢这里的房子。

小芸高兴地对李华说："走，咱俩去签订购合同。今天只缴定金，七天后交齐首付就行，我再免费送你一个月的物业费。"

另外小芸告诉李华，接她的陈司机自己有一家装修公司，陈总也兼顾帮助业主办产权证，办理地址之类的他都熟悉。

李华深情地凝视着大海的方向，这里太美了。在这里她可以一个人待着，在这里遐想，在这里写作，在这里实现文学梦想！

第五十五章　淡化在岁月中

李华的生活繁忙而充实，她自己都没有察觉，单身的生活，一晃都十几年过去了。

从前的婚姻生活就像她手上戴的玉镯，如果断裂了，无法还原，就只能舍去。

李华早已把怨恨远远抛在脑后，想起从前的一些人和事，亲情和友情一直给李华以支持和温暖。

距第一次离婚已有二十多年，有一次李华参加完苏州新书发布会回到女儿家中，一进门，小琳从主卧跑出来，笑眯眯地说："回来得正好，这几天太忙，我叫老爸帮我做几餐饭。他的老伴也在厨房帮忙，等会儿一起吃晚餐！"

李华迟疑地问女儿："怎么回事？那我趁他们俩还没见到我，我赶紧走，你们吃吧，这多尴尬！我要是知道他们在这里，说什么也不会回来。你怎么不提前告诉我？我真白养你了！"

李华边说边将行李箱递给小琳，用眼神示意她把箱子拿进次卧，那是女儿特意给李华准备的卧室。

李华随后压低嗓音说："我去美容院做护理，正好休息几个小时，他们走了发微信告诉我，我走了，别说我来过！"

正要开门出去，前夫从厨房端出做好的菜，一眼看见站在门口的李华和女儿。前夫愣了一下，立刻走上前打招呼："哟，回来了，正好做了你喜欢吃的红烧鱼，来吃点！"

前夫老了许多，但说起话来还是大嗓门。李华客气地推辞说："我有事，你们吃。"

这时候前夫的老伴也从厨房出来了，李华脑子里迅速闪过女儿小琳说过的话："老爸现任妻子大老爸三岁，阿姨条件也很好。是阿姨追的老爸，老爸还是蛮有女人缘的……"

前夫的现任妻子，看上去很朴素，娴熟地帮女儿做着家务活，她客气地对李华说："已做好了，坐下来一起吃点吧！"

这个时候李华倒不像自家人，站也不是，坐也不是，忙退至大门外，挥挥手说："你们快趁热吃吧，我真有事！"李华其实心里是高兴的，这些年来她已放下了，再说女儿多些亲人的关爱，这不正是自己想要的吗？

李华头也不回地向电梯口跑去。女儿追了出来："妈你吃完饭再去嘛，真是的，他们都很随和，你也看到了。"

李华直接拒绝："你快去吃饭吧，我去小区美容院做护理，饿不着我。你这个白眼狼，我把你带大，还抵不过你老爸做顿饭，良心被狗吃了！唉，我算是明白了，亲爹还是亲爹啊！"

小琳赶紧顶嘴："哎呀，大家都是亲人。你也看到了，老爸还记得你喜欢吃的菜，对你很好。"

电梯门开了，李华冲进去，按下关门键，向站在走道的女儿扮了一个鬼脸："你快进屋吃饭，他们等你呢！"

出了电梯后，李华舒了一口气，向美容院走去。李华想，如果做完了美容护理，前夫他们还没有走，那就再去附近的足疗店做一次足疗，如果他们还没有走，就再去美发店做一套头部护理……

这年春节前几天，女儿对李华说："老妈，姑姑和老爸邀请我们去奶奶家过年，吃顿夜年饭，你看怎么样？"

李华试探道："你去就可以了，我就算了，要不然你爸的现任该怎么想？"

小琳说："老爸说阿姨很善解人意，知道后说自己想回娘家吃年饭，故意不在场。"

李华沉默片刻说："那阿姨对你老爸那么好，我就更不能去了。你要你爸爸好好对人家，好好过日子。你这次去就把我单位的过节礼带过去，那些水果给爷爷奶奶，那件羊绒衫是给你老爸的，那手套送给你的后妈，那丝巾送给你姑姑。别说是我给的，就说是你孝敬他们的。你对他们说，老妈要守新房子过年三十。就这么说，其他的都别谈！"

李华其实真的想自己安安静静地在新居度过一个踏实的年。随意躺着，腿放在茶几上，舒服地看春晚。还可以悄悄地看女儿给自己打印出来的一封信，那是小琳藏了很多年的一封电子邮件。

那封信是于平写的，李华一直没有联系他，也几乎忘了这个曾背叛过她伤害过她的男人。小琳这个时候把这封信拿出来给李华看，一定是有特别的用意。

多年过去了，妈妈一直没有恋爱，小琳想让妈妈走出阴影彻底释怀，认为是时候拿出这封信给妈妈看了。

　　这封信是当年李华通过法院起诉与于平离婚之后，于平发送至电子邮箱的。那年头，李华很少操作电脑，女儿申请了一个共同使用的邮箱账号。小琳经常用电脑，有什么信息她会最先看到，这封信就是在李华不知情的情况下，被女儿小琳看见后收藏的。

　　李华本不想打开看，但又想起小琳走之前说的那句话："妈，你要是感觉无聊，可以看看这封信。看完后你可以烧掉，处理掉，反正别留着！"

　　此时的李华，好奇心萌发，里面写了什么内容，看了要烧掉？

第五十六章　于平的忏悔

　　李华拿起信，靠在沙发最舒服的位置，将腿放在茶几上，仔细地阅读起来。看着看着，李华表情凝固，眉头深锁，不知不觉眼睛里溢满了泪水。李华无声地擦掉泪水，继续看那封信。

　　信是这样写的：

　　　　亲爱的华华，我其实早收到你的起诉状了，幸好妈没有看到。妈在死之前都不知道你与我离婚的事。当然我也没有机会对妈说这些了。

　　　　她八十三岁那年得了老年痴呆症住进了医院，当年就去世了。一直陪伴她的程伯伯送她去了殡仪馆。程伯伯那么痴情专一地爱着妈，守护了她半辈子，我突然感觉自己真不是人啊！这辈子我最对不起的人是你，我的华华。

　　　　写这封信的时候，我刚一个人在医院度过了六十岁生日。我早已经收到了法院传票，我知道是我的错导致你对婚姻失望，所以你才以这种方式提出离婚。我知道一旦你做了决定，说什么都没有用了，都晚了。

另外我很感谢你在诉讼卷上没有提我婚内出轨的那段丑事，给一个男人留下了颜面，保全了我的自尊。虽然我已经跟那个女人断了联系，但我知道，你不可能与我重归于好。我知道你的性格倔强，永远不会原谅我。我不怪你，只怪我自己，也请你别再恨我了。我现在满脑子里都是你的影子，我天天回忆着我们曾经在一起的快乐时光。

写这封信给你的时候，我正一个人在上海的一家医院里治疗，我已经偏瘫在病床上两个月了。开庭那天，要是我没有出庭，你可以直接拿到法院判决书，离婚生效，恢复单身。我现在是将死之人，只能为你做到这些了。

我知道你不常守在电脑旁查看电子邮箱。也许当你看到这封信的时候，我已经不在人世间了。

最后说几句真心话，我对不起你，请原谅我所做的蠢事吧！也请你别再为我去惩罚你自己了，请你对自己好点，我这辈子最后悔的事，就是没有好好珍惜和你在一起的日子。我的糊涂刺伤了你的善良，让我彻底地成了孤魂野鬼！

原谅我吧，不然我死不安心。

一直还爱着你的人：于平

2012 年 11 月 5 日

（你还记得吗？今天是我的生日）

　　于平信里的文字像多情的种子，惨兮兮的叙说让李华悲哀伤心。她不知道是为自己伤感，还是为于平感到惋惜。此时的李华懂得了小琳良苦用心。

　　珍珍和李华在电话里约定在正月十五这天见面，还是在老地点碰头。

　　正月十五那天，珍珍和李华一前一后地到了别墅区。

　　小区里的绿化让人心旷神怡，小区大门两旁挂着喜庆的大红灯笼，给节日带来了喜气洋洋的氛围。李华和珍珍都很喜欢这里，思来想去还是决定留下这处房产，作为自己将来养老的地方。这里交通很方便，是一处闹中取静的休闲好地方。珍珍爱摄影，李华爱写作，平日里有自己的工作和生活要忙碌，两人互不打扰，但相聚时又能彻夜长谈。

　　李华和珍珍沿着小区小道边走边聊，珍珍对李华说："我有一封于平的公证书快递要交给你，是由于平的律师转交给我的。我是初十上班时，在办公桌上的一堆信件中发现的，除了要转交给你一份公证书，还有于平交给你的一套房子的钥匙和一封信。给你，我的任务完成了，你打开慢慢看吧。"

　　李华看了一眼珍珍，立刻打开了那封信，信上的一行行字迹，李华再熟悉不过了。信的内容如下：

　　　　华华，当你收到这封信的时候，也许我已经不在人世了，所以请耐心看完，好吗？

　　我在世的时候做了一些对不起你的事，现在我要在即将离开人世的时候，做两件正确的事情，以弥补我对你的愧疚。第一，在我死后我将捐赠全身有用的器官，帮助有需要的病人。第二，把我在上海的那套房转赠给你，做了公证。

　　做完这件事后，我心里好受了些。现在这套房产价值已达到千万。我还幻想着有一天你能原谅我，我们会在这所房子里继续生活下去……

　　在我住院期间，我静静地望着病房的天花板，想起了关于你的一切，我们在一起的时候，你的好，你的善良，你的粗心大意。你一直傻傻地相信我编织的谎言，直到婚外情被你发现。我看到了你的痛苦和失望无助。出事之后的冷战期间，我知道你保留了我于第二天写下的悔过书。我仍记得那两句话，那是我一辈子都很难说出口的悔恨。

　　看到这里，李华眼睛红红的，鼻子也开始不通气，"真难受！"

　　李华装作很轻松的样子，背过珍珍关心的目光。珍珍很理解李华此刻的心境，将视线移开，继续边走边说："看淡点，向好的方面去看。于平能以这种方式忏悔，说明是真的后悔做了那些伤害过你的事情。这么多年过去了，其实你已经释怀了，只是我们俩从不提过去那段日子，从不提于平这个人，有意回避这件事。你现在可以平静地接受这些事实了。"

　　李华小心地打开快递袋子，里面是公证书和钥匙。

　　李华看见公证书上写着，此房产权赠予李华名下。李华思绪万千，她想，现如今人都走了，还留下房子有什么用呢？

　　李华用坚定的眼神望着珍珍说："我决定了，把于平这套上海的房产变卖，卖出去的钱全部捐给偏远山区的儿童。最好能给孩子们建一所希望工程学校，让孩子们都能上学！珍珍，你关系比我广，这事还是由你这个朋友帮我运作吧！"

第五十七章　已成为自己喜欢的模样

　　处理完于平赠予的房子后，李华一身轻松。珍珍打心底佩服李华的淡定从容。珍珍想到，老了还能有这么一位知己做伴，两人还住同一个小区，真是一种莫大的幸福。

　　跟于平分开后，这些年来其实有不少男士向李华示好，如服装街上的物业管理公司的陈总经理，还有李华的初恋对象郭奇志。那时李华四十多岁，忙于事业，没有心思回应。一晃又是多年过去，李华没有想到，已六十岁的自己竟又被两位优秀的男士惦记着。

　　李华开始警觉地提醒自己：他们真的是爱我这个人吗？李华心想自己确实会保养，比同龄人显年轻十岁，但即便自己再有姿色和魅力，也抵不过岁月留下的痕迹，毕竟已是年过半百。李华担心他们只是冲着自己的财富而来。

　　想来想去，李华有时又觉得自己想多了，那两人的"惦记"也许只是自己的错觉。

　　李华不抗拒真情，但也不刻意去追求。如果生活中有合适的人选出现，李华不会像年轻时那样喜形于色，她会先默默观察一段时间，她深信，如果对方有真情必然会有恒心，对方不会因为一段观察期而退缩——如果当年郭奇志能坚持追求李华一两年时间，他未必没有机会。

经过一段时间的打磨，李华的长篇小说上市了。出版方特意为李华召开了一次小型的新书发布会。在发布会现场，有一位男士始终关注着李华的一举一动，流露出无限欣赏的眼神。这是一位体型微胖的中年男子。李华认得他，他是一家房地产公司的董事长。在一次开发商举办的楼盘项目首发会上，经三妹夫介绍，李华认识了这位尹董事长。

尹董是一位地道的北方男人，为人稳重大方，做事有耐心，平时默默做事从不多语。尹董身高一米八，眼睛很小，一笑就眯成一条缝，加上微胖的体型，看起来有种憨厚的气质。李华对他有好印象，总感觉这种人朴实有安全感。据说尹董夫人于几年前去世，之后尹董一心扑在事业上，一直单身。

李华关注新楼盘信息，自然也就经常关注尹董公司的项目走向，还购置过三套住房。一来二去，和尹董事长就有了交集。

有一天三妹夫在酒会上对李华说："大姐，我们尹董人真的很好，单身几年了。身边好多单身女性套近乎，可尹董都没有放在心上。上次听我谈到你准备开新书发布会的事，尹董问我哪天举办，还找我要入场券。是不是我们尹董看上你了？你能把新书发布会的邀请函给我几张吗？"

李华笑着说："当然欢迎你们来捧场，希望你们多带有诚意购买新书的朋友来。"

第二天李华就将邀请函给了三妹，让她转交给三妹夫。

很快就到了新书发布会这一天。李华站在台上，首先扫了眼台下的来宾，她看到了亲人，看到了朋友，看见了老同学，还看见前排右边坐着的尹董事长。说起来也怪，李华见到他就想笑，那虎头虎脑的憨厚样子，让人感觉有几分滑稽和可爱。

对于尹董的前来，李华有几分窃喜，只是没有过多表露出来。以前也有一些异性朋友对李华关怀备至，但都被李华巧妙地回避了过去，但这次怎么就有点不一样的感觉呢？

尹董没有当面向李华刻意示好，而是像熟人朋友那样大方相处。有时两人会自然地在意彼此的动态，微信朋友圈也互相点赞。李华感觉尹董真像一位好大哥，总是有意无意地暗中帮着她，例如，及时给李华提供新房开盘信息，只要李华看中要买，尹董都会给售楼部打招呼，以公司最优惠的内部员工价格售给李华及其家人。

今天尹董前来捧场，果然出手不凡，一口气就购买了五百本新书。当主持人念到购书单位，姓名，数量时，李华还是大吃一惊。

李华当然不怀疑尹董的经济实力，但是书是用来阅读的，如果只是为了捧场，让这些书在阴暗的角落里吸灰，李华又觉得太无意义了。尹董似乎看穿了李华的想法，用眼神告诉李华："放心吧！我会帮这些书找到适合它们的读者！"

一瞬间的眼神对视，使得李华不好意思地赶紧把目光收了回来。按照之前的活动安排，接下来轮到李华讲话。当李华准备发言时，才发现刚刚的对视打乱了自己的思绪，自己一下子忘词了！幸好李华见过世面有经验，沉默了几秒就马上调整回来，用不缓不急的语调说："首先感谢前来参加新书签售活动的领导、亲朋好友们，谢谢大家的鼓励和支持帮助！我向大家表示最真诚的感谢。感谢大家一路陪伴我走在写作路上；感谢大家的鞭策，使我写出了好作品；也感谢大家的鼓励，使我有动力坚持写作。我会在今后的创作路上，写出更好的文学作品。最后预祝新书发布会圆满成功！谢谢大家！"

李华讲话结束后，尹董悄悄起身离开座位，跟礼仪小姐说了几句话。只见礼仪小姐像变戏法似的，从托盘下方取出三束粉红色的鲜花。礼仪小姐在音乐声中缓缓走向舞台中央，向刚刚发表完讲话的李华献上了三束鲜花。

李华看到是自己喜欢的粉红色百合，不由得心花怒放。她在众人的欢呼声中收下鲜花，也收下尹董的深情厚谊。

尹董总是以行动代替说话，李华就是看中了尹董的踏实与朴实。在李华这个年龄阶段，能跟尹董有这样深的缘分，确实是可遇不可求。此时李华冻结多年的芳心再度怦然跃动，久违的少女情怀盈满李华内心。难道自己遇到真爱了？李华真没想过在这个年龄还能感受到心动。

新书发布会后，珍珍兴奋地提议道："李华你现在可以将一部分创业挣来的钱用于拾起曾经的梦想，开办一间书吧或者茶舍、咖啡馆。"

李华被说动心了，认真思考这件事，好友嘉嘉在一旁提醒李华："哎呀，你可以把你的小别墅改造，一楼按照茶室会所的样式去装修。你可以每天在那里享受生活和写作；周末邀请一些志同道合的文友，爱好绘画的朋友，爱好摄影的朋友，还有能歌善舞的朋友，多自在！"

李华应声道："我也是这样想的，珍珍、嘉嘉你俩听听我这样设计妥不妥。把一楼大厅的一面墙设计为展示柜，从下至上可以摆上我出版的书，还有文学书刊、家人的绘画作品。客厅角落放置一棵仿真树，客厅顶部全部布置上树叶，一眼看去绿叶茂盛，像春天一样。我们可以在大树下品茶聊天，谈天说地，尽情享受美好时光。那棵树里面全是柜子，关闭时和真树无异。等装修工程全部完成，你俩可要常来！"三个人大笑起来。

这时候尹董笑眯眯地走过来，看着李华说："如果需要请厨师，我很乐意为美女们下厨，露露厨艺。不知道能不能录用我入职？"

尹董在向李华示好，也想让李华的朋友们知道，他已经把李华当成将来共度余生的人。

尹董更乐意从实事小事上帮助李华，在装修中，暗中提供最好最实惠的施工材料，为李华减轻装修成本。尹董为人实在，已经让李华芳心暗许，只是她不想轻易表露出来。眼前的女友们都为李华高兴，在晚年能遇上这样一位可以托付余生的伴侣。她们都异口同声地喊了出来："李华快答应，我们赞同！"

李华和尹董腼腆地笑了，李华像情窦初开的少女，脸颊飞快地红润起来，一颗心怦怦直跳。李华默默地享受着这种久违的幸福感。

如今的李华常被好友们夸奖，羡慕她已经达到自己想要的生活境界：衣食住行无忧无虑，清晨开始写作，花半天时间养养花，做点自己喜欢的事，坚持健身运动。周末和朋友们一起品茶畅谈，有时候还约着一起去远方旅行，好不快乐！

第五十八章　岁月如此妖娆

　　像很多人一样，李华珍惜活着的每一天，享受岁月芳华。作为一名文学爱好者，她需要不断地学习和寻思着创作源泉，她想多出去走走，从祖国的大好山河中汲取灵感。此外，李华还走出国门，先后去过英国、澳大利亚、美国，亲身感受当地的生活方式，文化风俗，并采访了大量人物，其中有部分人物成为小说中的角色原型。

　　通过这样的方式，两年多来李华已创作出两部长篇小说，共计六十多万字。这些作品在报纸期刊上连载，后来都顺利出版。在创作长篇小说的同时，李华还写了大量有关女性情感、婚姻等的短篇小说及散文，发表在各种省级刊物和网络平台上。

　　在刚开始写作的时候，有很多人并不理解李华，放着舒服的日子不过，半夜三更写作折腾，真是有福不会享啊。还有的人认为，李华只是心血来潮，坚持不了几天。听到这些风凉话，李华像是早就预料到一样，并不生气，依然我行我素，照常报名写作班。两年来结合老师布置的写作任务，李华持续投稿，退稿再修改，修改后再投稿。

　　李华认真对待写作，尽可能客观地反映生活中的善与恶，美与丑，正与邪，引导人们崇尚正义，崇尚善良，并告诫女性一定要做到经济独立，思想独立，行动独立。

一直以来，李华都没有放弃成为作家的梦想。当处于人生的低谷时，李华就当自己在储备精神财富，将生活中的苦难当作创作素材，加工成激励人们进取的良方。她珍惜生命中给予她帮助的每一个人，她庆幸有亲人的理解、鼓励、支持，让她成为从事文学创作的一员，一名不问前程，只想默默写出好作品的作者。

每当李华在工作中遇到委屈而感到气愤的时候，母亲常这样对她说："孩子，你要学会看淡，你转过弯事情就过去了，记住要做一个善良的人。因为你的善良，很多事情都会迎刃而解；也因为你的善良，美好会回到你的生活中。"

李华从小受父母的影响，在成长过程中学会了忍让、谦和、换位思考。

对正能量的事物，她以积极的心态去追寻；对负能量的人和事做减法。同时，严于律己，宽以待人，不以物喜，不以己悲。

李华有时会想起跟女儿父亲离婚的事，庆幸自己当年的善良包容了前夫的自私过错。

经过女儿小琳的协调带动，前夫已经与李华家人像亲戚一样走动了。

李华在异地写作期间，小琳在家人群里发了一段视频。视频中的前夫正在与李华母亲开心地聊天。

李华的母亲已经八十岁了，喜欢一个人安静生活。生活方式过于简单，也不太爱做饭，导致营养不良。李华前夫从女儿那里得知后，很想为李华母亲做些力所能及的事情，于是就出现了视频中的那一幕。前夫劝说李华母亲注重身体，注意饮食，之后他会不时上门给李华母亲做些好吃的。

看到这里，母亲的教导又一次在李华耳边响起："遇到困难，先别急于发泄情绪，要冷静处理，放放就过去了。做一个善良的人，有宽广的胸怀，什么事都可以跨过去！"

以前听到母亲这些话，李华会觉得厌烦啰唆，现在却深感理解，李华家几代人的身上都有着这种善良的品质。母亲身边的朋友都羡慕她，夸她培养的孩子个个孝顺，也羡慕她越老越有子孙福，逢年过节总是亲人团聚，四世同堂。

李华相信，遇到就是缘分，只要善良、努力，岁月就一定会以美好回报。瞧，岁月如此妖娆！

后　记

　　历时二年多，《岁月轮渡》终于付梓。窗外，秋日明朗，蓝天游云，令我欢欣。

　　《岁月轮渡》一书在谋篇、写作、初稿完成及修改的过程中，得到了家人、朋友、老师、出版社等各方的大力支持与热心帮助，使我深深感到人间有大爱、世间有大善。在此一并表示感谢。写作无止境，我将继续文学创作，续写新篇，活好当下！

舒　娴

2021 年 8 月 26 日